ESTHER VILAR

EIFERSUCHT

Roman für drei Faxmaschinen
und ein Tonbandgerät

GUSTAV LÜBBE VERLAG

Eifersucht ist eine Leidenschaft,
die mit Eifer sucht, was Leiden schafft.
Friedrich Schleiermacher

I

1. FAX

Sehr geehrte Frau Staviski,
mein Name ist Yana Stern, ich bin vierzig Jahre alt und lebe in diesem Gebäude. Sechs Stockwerke über Ihnen allerdings, in einer der Penthouse-Wohnungen, um die Sie und Ihr Mann sich seinerzeit vergeblich bemüht hatten. Als Architektin war ich an der Planung dieses Kolosses beteiligt, und so konnte ich mich entscheiden, als noch alles zu haben war.

Doch ich schreibe nicht, um Ihnen meine Wohnung anzubieten. Ich schreibe, um Ihnen etwas wegzunehmen. Ich wußte nicht, wie Sie aussehen, wie Sie sind. In einem Haus mit über sechshundert Wohnungen ist es ja ein Zufall, wenn man jemanden kennenlernt. Doch kürzlich, nach Ihrem so spektakulär gewonnenen Prozeß, durfte ich Sie in den Fernsehnachrichten bewundern. Kompliment: Sie sind nicht nur eine außerordentlich gescheite, sondern trotz Ihrer fünfundfünfzig Jahre auch ungewöhnlich attraktive Frau. Das macht alles leichter.

Natürlich hätte ich Sie auch anrufen und um ein persönliches Treffen bitten können; Ihre Telefonnummer habe ich längst. Vielleicht unten in der Lobby, in einer der ledergepolsterten Gesprächskojen. (Mein Design übrigens.) Oder in dem kleinen Restaurant auf der andern Straßenseite. Das gebietet in einem solchen Fall wohl die Höflichkeit: Dem Opfer bei der Schlachtung mutig in die Augen sehen. Ein Taschentuch parat für eventuelle Tränen. Die richtigen Worte für eventuelle Wutausbrüche. Doch wer mutet sich so was schon freiwillig zu?

Und dann sagte ich mir: Schick ihr doch einfach ein Fax! Sie ist Anwältin – und so, wie sie auftritt, wie sie redet, zieht sie es sicher vor, so präzise wie möglich über die Tatsachen informiert zu werden. Und mathematisch gesehen sind diese Tatsachen eigentlich nur zwei:

1. Ich liebe Ihren Mann.
2. Ihr Mann liebt mich.

Natürlich hätte er Ihnen das mitteilen müssen. Er sagt, er habe immer wieder einen Anlauf genommen. Doch entweder waren Sie am Wochenende mit Ihren Akten beschäftigt, oder es kamen Gäste, oder er brachte es einfach nicht übers Herz ... Männer! Und darum tu das nun ich: Liebe Helen – so darf ich Sie doch nennen? –, trotz aller Schmerzen, die ich Ihnen hier bereite, muß ich Sie bitten, Ihren Mann freizugeben.

Ihren Mann? Kann man einen Menschen *besitzen*? Lazlo hat zu bestimmen, mit wem er leben will. Mit wem und für wie lange. Und zu meinem Glück und Ihrem Unglück möchte er zumindest im Augenblick sein Leben mit mir verbringen. Das ist die ebenso brutale wie einfache Wahrheit.

Wir lieben uns, Helen. Seit jenem Abend vor drei

Monaten, als wir zusammen in einem der Aufzüge stekkenblieben. Nur fünf Minuten lang. Doch die haben genügt, daß wir uns hoffnungslos und wohl auch für immer ineinander verliebt haben.

Dabei weiß ich bis heute nicht, was ich eigentlich an ihm finde. Breite Schultern, gewiß, dafür hatte ich von jeher eine Schwäche. Aber sonst? Ein Kerl mit Bauch! Noch vor drei Monaten hätte ich geschworen, daß mir das nie passieren kann!

Ich glaube, daß es sein Humor ist. Wie viele Männer gibt es, die einen zum Lachen bringen? Als damals der Aufzug steckenblieb, wissen Sie, was er da sagte? »Drücken Sie jetzt um Himmels willen nicht die Notruftaste! Dieses Rendezvous hat mich eine Menge Bestechungsgeld gekostet!« Welche Frau könnte da widerstehen?

Und darum, liebe Helen, bitte ich Sie von ganzem Herzen, mir das Leid zu vergeben, das ich Ihnen hier zufügen muß. Lassen Sie uns die Sache rasch und diskret hinter uns bringen:

Geben Sie ihn frei!

Ihre Yana

2. FAX

Geehrte Yana Stern,
Ihr gestriges Fax habe ich erhalten, und da es ausnahmsweise ein ruhiger Abend war, konnte ich meinen Mann auch gleich um Auskunft bitten.

Er leugnet nicht, Sie zu kennen, und erinnerte mich daran, daß er selbst mir von jenem unfreiwilligen Aufenthalt im Aufzug erzählt hatte. Allerdings seien Sie dabei nicht allein gewesen. Nach seiner Erinnerung waren bei dieser Panne mindestens ein halbes Dutzend Personen mit im Lift.

Da er Ihnen danach immer wieder in der Lobby begegnet ist – was für ein Zufall, nicht wahr? –, hat er schließlich Ihre Einladung angenommen und ist auch später noch ein paarmal auf einen Drink in Ihr offenbar wirklich spektakuläres Penthouse hinaufgefahren. Er schwärmt von dem herrlichen Ausblick da oben, Ihren selbstentworfenen Möbeln, der sieben Meter langen Couch. Er streitet auch nicht ab, Sie gescheit, sympathisch und anziehend zu finden. Doch mehr als freundschaftliche Gefühle hege er für Sie nicht.

Und den Unterschied zwischen Freundschaft und Liebe werden Sie ja wohl kennen: Wenn man jemanden liebt, sieht man ihn lieber tot als im Bett eines andern. Wenn man mit ihm nur befreundet ist, ist man glücklich über jede Abwechslung, die er sich gönnt.

Erwischt man ihn also beispielsweise in den Armen einer Blondine, dann legt man ihm rasch noch eine Rothaarige dazu, damit er sich ja nicht langweilt.

Nun, liebe Yana – so darf ich Sie doch nennen? –, ich *liebe* meinen Mann. Und darum hätte ich ihn eben lieber als Leiche in meinem begehbaren Kleiderschrank denn lebendig auf Ihrer Designercouch. Sie sind natürlich nicht die erste, die bei Lazlo schwach werden möchte. Doch obwohl wir denselben Beruf haben und auch noch für dieselbe Kanzlei tätig sind, ist unsere Ehe nach meiner Meinung eine der gelungensten weit und breit. Falls er mir in diesen achtzehn Jahren je untreu gewesen ist, war es ihm zumindest nicht nachzuweisen. *In dubio pro reo*, sagen wir Advokaten da.

Und darum möchte ich Ihnen in aller Freundlichkeit vorschlagen, daß Sie sich ein anderes Opfer suchen. Das ist in Ihrem Alter schon nicht mehr ganz einfach, ich weiß. Vierzig – da soll sich ja laut Statistik erstmals der Frauenüberschuß bemerkbar machen, vor allem in Riesenstädten wie dieser. Denn Junggesellen sind nun kaum noch vorhanden: Ein unverheirateter Mann über vierzig ist entweder schwul oder dermaßen neurotisch, daß sich der Aufwand nicht lohnt.

Lassen Sie es mich also in numerischer Reihenfolge ausdrücken, denn auch ich habe ein Faible für Mathematik: Falls Sie, beste Yana, in Ihrem fortgeschrittenen Alter noch immer einen Ehemann suchen sollten, sehe ich eigentlich nur zwei wirklich effiziente Möglichkeiten:

1. Volontieren Sie in einer Anwaltspraxis, die sich auf Ehescheidungen spezialisiert. Da kommen dann nicht nur die Männer, die sich eine Jüngere leisten können und somit logischerweise bereits wieder vergeben sind, sondern auch das glücklicherweise immer größer werdende Heer der Verlassenen und Gehörnten. Nicht die erste Garnitur, ich weiß: Welche Frau verläßt einen potenten, erfolgreichen, interessanten Gatten? Doch ein Mann ist schließlich ein Mann, nicht wahr?

2. Verdingen Sie sich bei einem Bestattungsunternehmen. Da können Sie sich dann an die frischgebakkenen Witwer machen. Falls Sie tatsächlich so ansehnlich sind, wie Lazlo behauptet – und da verlasse ich mich ganz auf seinen Geschmack –, findet sich bestimmt einer, der sich von Ihnen trösten läßt.

Doch *meinen* Mann lassen Sie in Frieden, verstanden? Ich gebe Ihnen hiermit die Chance, sich aus dieser Sache rasch und diskret zurückzuziehen.

Ihr Fax habe ich Lazlo nicht gezeigt: Ich wollte, daß Sie wenigstens vor ihm das Gesicht wahren. Und falls wir uns in diesem Haus je begegnen sollten, bitte ich um die Ehre, nicht angesprochen zu werden.

Und so verbleibe ich denn mit den besten Grüßen,
Ihre Helen Staviski

3. FAX

Liebe Helen,
Ihre Antwort ist bedauerlich, zwingt sie mich doch, Ihren Schmerz zu multiplizieren. Denn da Lazlo es ganz offenbar nicht über sich bringt, Ihnen die Wahrheit zu sagen, bleibt mir kein anderer Ausweg, als Sie mit den Tatsachen zu konfrontieren. Wie sonst könnte ich Sie überzeugen?

Hier also mein Vorschlag: Wie ich Ihnen bereits sagte, war unser Büro maßgeblich an Entwurf und Ausführung dieses Gebäudes beteiligt. Und was nun die famose Penthouse-Wohnung betrifft, so gilt das mit dem herrlichen Ausblick leider nur für die vorderen Räume. Mein Schlafzimmer liegt nach hinten, mit Blick in einen der Innenhöfe, und hat somit als Gegenüber die gelbgetünchte, fensterlose Wand, hinter der sich die Wohnungen des Ostflügels befinden.

Der Vorteil ist, daß einem niemand hereinsehen kann, man also auch in diesem Raum keine Vorhänge benötigt – und ich hasse Vorhänge! Der Nachteil ist, daß diese Wand einen Schwachpunkt hat, den aber zum Glück nur wir Insider kennen: An einer bestimmten Stelle verlaufen dahinter die Leitungen für die Versorgung der Apartments des nächsten Gebäudetrakts, also Gas, Elektrizität, Warm- und Kaltwasser, Heizung – alles, was so an Energie zu verteilen ist. Und deren Verteiler sind dann auf jedem Stockwerk in jener kleinen Kammer von drei mal drei Metern untergebracht, deren Tür sich neben den Müllschluckern befindet. Eine grüngestrichene Metalltür, genau wie in unserem Teil des Gebäudes. Sie haben sie sicher schon bemerkt?

Doch dieser Raum hat wiederum eine Eigenart aufzuweisen: Da es wegen der Explosionsgefahr Vorschrift ist, daß dort, wo sich beispielsweise eine Gasleitung befindet, auch eine Öffnung ins Freie ist, gibt es an seiner Rückwand fünf übereinanderliegende Lüftungsschlitze von dreißig Zentimeter Breite und drei Zentimeter Höhe – durch die dann eben mein Schlafzimmer trotz allem einzusehen ist. Das ist eigentlich kein Problem, da die Tür zu der Kammer normalerweise verschlossen ist, denn auch das ist Vorschrift. Doch ich werde in Ihrem Briefkasten noch heute einen Schlüssel deponieren, mit dem Sie sich Zugang verschaffen können. Fahren Sie also morgen so gegen sechs Uhr abends mit einem der Fahrstühle des östlichen Gebäudeteils ins oberste Stockwerk: Falls nichts dazwischen kommt, ist Lazlo dann bei mir. Das ist in den vergangenen Monaten unsere Zeit gewesen: Wir liebten uns, und so gegen acht ist er dann jeweils zu Ihnen in den 24. Stock hinuntergefahren.

Sie können das auch anhand seines Terminkalenders verifizieren, der in der Kanzlei sicherlich aufliegt. Allerdings hat er die Eintragungen wohl unter meinem Firmennamen vorgenommen: TAURO. Er hat sogar begonnen, mich auch sonst so zu nennen: »Dreh dich um, Tauro, damit ich deinen Hintern begutachten kann!«

Ich bin grausam, ich weiß. Grausam und vulgär. Doch ich sehe keine andere Möglichkeit, Sie zur Einsicht zu bringen.

Glauben Sie mir, Helen: Wenn ich wüßte, wie ich ohne ihn leben soll, würde ich mich anders verhalten. Aber ich weiß es nicht. Zum Glück haben Sie beide keine Kinder. Und mit der Leidenschaft ist es nach achtzehn Jahren Ehe wohl ohnehin nicht mehr weit her?

Mit unendlichem Bedauern,
Ihre Yana

4. FAX

Ich überlege, wie ich Sie ansprechen könnte:
Verehrte Nachfolgerin?
Teure Rivalin?
Mörderische Schwester?
Nun, Sie haben mich überzeugt. Am vergangenen Freitag, am Montag dieser Woche, am gestrigen Mittwoch ... Auch die früheren Termine habe ich mir zu überprüfen gestattet: In den vergangenen drei Monaten hat es nicht weniger als einundvierzig Verabredungen mit der Firma TAURO gegeben.

Als Anwältin sehe ich mich also gezwungen, mich der überwältigenden Beweislast zu beugen. Den Tag meines PR-trächtigen Prozeß-Sieges über jenen Pharmakonzern hat mein Mann offenbar ganz in Ihrem gemütlichen Heim verbracht. Kein Wunder, daß Sie mich aus dem Fernsehen kannten. War's der Fernseher neben dem Bett, in dem Ihr beide mich begutachtet habt? Habt Ihr's dabei getrieben?

Aus naheliegendem Grund habe ich daher heute zwei Koffer mit seinen Sachen in ein Hotel bringen lassen. Doch das haben Sie sicher längst erfahren. Ich dachte, es könnte Euch peinlich sein, wenn er vom 24. Stockwerk direkt in Ihr Penthouse hinaufziehen würde. Auch der Partnerwechsel hat schließlich seine Etikette. Doch vielleicht habe ich Euch da überschätzt?

Auf jeden Fall bleibt er Ihnen nicht länger als drei Tage lang vorenthalten. Das Hotelleben war noch nie sein Fall.

Und dann kann es weitergehen mit der Gymnastik auf dem Kingsize-Lager. Bettwäsche im Leopardenlook! Soll wohl die Raubtierinstinkte wecken? Und wo kaufen Sie diese herrlichen Dessous?

Nun noch ein paar prosaische Kleinigkeiten: Natürlich habe ich Lazlo wissen lassen, daß ich mit der Scheidung einverstanden bin, und zwar ohne jede Bedingung. Sie sagen es selbst: Zum Glück sind keine Kinder da. Und dann möchte ich Ihnen raten (banal, ich weiß!), stets eine Packung LAREN bereitzuhalten – das ist ein Mittel gegen Sodbrennen, das er nach ausgiebigen Mahlzeiten benötigt. Dennoch habe ich nie erlebt, daß er selbst daran denkt, es zu kaufen ... Und verwenden Sie beim Kochen wenig Salz, da er aufgrund seines Übergewichts zu erhöhtem Blutdruck neigt. Auch sollte er endlich weniger Fleisch essen. Vor einem Jahr hatte er nämlich einen ersten, wenn auch milden Gichtanfall. Ein bißchen Körpertraining wäre natürlich das beste – wozu haben wir diesen Fitneß-Club im Haus? Doch die Bewegung im Bett ist ja vielleicht auch etwas wert.

Keine Sorge: Ansonsten ist mein Mann kerngesund. Und dank dieses unverhofften Frühlings ist wohl auch sein Testosteronspiegel gestiegen. Wir haben es zwar noch immer häufig miteinander getrieben, doch eine Neue ist eben doch eine Neue, nicht wahr? ... Schade, daß Sie offenbar eine große Raucherin sind: Er war auf dem besten Weg, es sich abzugewöhnen.

Meinen Posten in der Kanzlei habe ich gekündigt. Richtig: Ich könnte es nicht ertragen, ihm Tag für Tag bei der Arbeit zu begegnen. Und natürlich werde ich mir so rasch wie möglich eine Behausung in einer anderen Gegend suchen ... Sie meinten, nach achtzehnjähriger Ehe könne es mit der Leidenschaft nicht mehr weit her sein? Das mag für andere gelten: Ich liebe diesen Mann, der ja nun Ihrer ist, wie am allerersten Tag.

Den Portiers wurde mitgeteilt, daß Lazlos Post in Zukunft in Ihrem Briefkasten zu deponieren ist. Dort finden Sie dann auch den Schlüssel für die Spionagekammer, über die ich Lazlo natürlich nicht informiert habe: Es wäre immerhin möglich, daß er Ihnen diese Gegenüberstellung mit den Tatsachen – die man in diesem Fall ruhig die »nackten« nennen kann – nicht verzeiht. Und nun lassen Sie sich gratulieren: Jawohl, liebe Yana, Sie haben gewonnen. Die Trophäe ist Ihre.

Ich selbst verbleibe mit den besten Wünschen für die Zukunft,
Ihre Helen Staviski

5. FAX

Ihr Fax, liebe Helen, hat mich – ich kann es nicht anders sagen – zu Tränen gerührt. Diese Großzügigkeit, dieser Pragmatismus, dieser feine Humor inmitten des Chaos und des Unglücks, in das ich Ihr Leben verwandelt habe. Das hat Stil. Das hat *Größe*.

Wenn Sie erst wüßten, mit welchen Worten Lazlo in diesen Tagen von Ihnen spricht. Man könnte eifersüchtig werden! Erst gestern hat er mir wieder von Ihrer Schönheit vorgeschwärmt. Die Art, die von innen kommt, sagt er, und darum auch unvergänglich ist. Er sei deshalb ganz sicher, daß Sie nicht lange allein bleiben werden. In die Kanzlei kämen Klienten, die die absurdesten juristischen Probleme erfänden, nur um Sie zu sehen.

Mit anderen Worten, liebe Helen: Ich bewundere Sie! Fairneß, Eleganz, Würde – Sie haben mir vorgeführt, was das ist. Darum zum Schluß eine Bitte: Ziehen Sie nicht von hier fort. Daß die Zeit alle Wunden heilt, ist nicht nur ein dummer Spruch, ich rede da aus Erfahrung. Und falls Sie je ein Problem haben, mit dem Sie nicht fertig werden, oder ganz einfach ein bißchen plaudern möchten ... ich bin sicher, daß ich da auch in Lazlos Namen spreche: Unsere Tür steht immer für Sie offen!

In tiefer, dankbarer Bewunderung,
Ihre Yana

6. FAX

Sie verheucheltes Biest! Sie dreckige Ratte! Sie Aasgeier! Schmeißfliege! Wurm!

Sie bewundern mich? Auch ich habe Sie gerade bewundert, zwei volle Stunden lang!

Wo? Beim Reiten. Beim Reiten in roten Strapsen, in Ihrem Bett, auf meinem Mann!

Und wie gut Sie das machen, Kompliment. Ich habe auf diesem Gebiet zwar ebenfalls einige Talente, doch in dieser Stellung klappte es nie. Oder fingieren Sie Ihre Höhepunkte? Da ich Sie in meiner Spionagekammer nicht hören kann, bin ich natürlich ganz aufs Optische angewiesen. Doch wenn Sie sich dann immer mehr winden und dabei den Mund aufreißen und sich schließlich mit schweißnassem Haar auf ihn fallen lassen, wirkt das zumindest aus der Entfernung absolut echt.

Eine Zigarettenpause, und schon geht's weiter: Hopp, hopp, hopp... Zwei Stunden! Das macht Ihnen so rasch keine nach!

Und darum will ich Ihnen etwas sagen, verehrte Amazone: Sie können sich Ihre Bewunderung in Ihr pralles Hinterteil stecken!

Ich will nicht von Ihnen bewundert werden!

Ich will ihn!

7. FAX

Helen,
geben Sie mir sofort diesen Schlüssel zurück! Was Sie da betreiben, ist Selbstzerstörung – sehen Sie das nicht?

8. FAX

Heute früh haben Sie splitternackt an Ihrem Schlafzimmerfenster gestanden und schauten direkt auf die Mauer. Wahrscheinlich kamen Sie nicht auf die Idee, daß ich auch um diese Tageszeit auf dem Posten sein könnte, nicht wahr? Lazlo war ja längst in der Kanzlei.

Sie sind gar nicht so perfekt, wie ich dachte. Behalten Sie deswegen immer all die Dessous dabei an? Was ich als Raffinesse sah, war vielleicht nur ein Tarnungsmanöver?

Dieser Busen... Irgendwie bilde ich mir ein, daß ich da die bessere Ausstattung habe. Die stabilere jedenfalls. Trotz meiner Jahre.

Und darum frage ich mich wieder und wieder: Warum Sie?

Warum Sie und nicht ich?!

9. FAX

Weil ich jünger bin!

Helen, hören Sie doch endlich auf, sich zu quälen! Lazlo hat nicht *Sie* verlassen – er gehorcht seinem biologischen Instinkt! Und der befiehlt ihm, den jüngeren Partner dem älteren vorzuziehen. Das machen doch alle Männer! Sofern sie die Wahl haben, meine ich. Und einer wie Lazlo hat nun einmal die Wahl. Nicht trotz seiner 55 Jahre, sondern gerade deswegen. Denn da Männer soviel früher sterben als wir, sind sie irgendwann in der Minderheit und werden von uns, der Mehrheit, gejagt.

Die Gesellschaft ist nun einmal grausam zu uns Frauen, liebe Helen. Doch wenn die Statistik zu unseren Gunsten spräche, würden wir es da nicht genauso machen? Unsere grau gewordenen Ehemänner gegen jüngere tauschen, je früher, desto lieber? Und darum sage ich immer: Zum Teufel mit der hohen Lebenserwartung von uns Weibern! Was nützt uns ein langes Leben, wenn es dann keine Männer mehr gibt?

Wissen Sie, was ich manchmal denke? Wenn wir Frauen auch im Alter in der Gesellschaft von Männern leben möchten, dürften wir sie auf keinen Fall für uns arbeiten lassen. *Wir* müßten für sie sorgen – sie hegen und pflegen wie eine aussterbende Spezies. Und während so unsere Lebenserwartung langsam sinken würde, würde die ihre langsam steigen... Wir kämen zwar um etliche Jahre früher in unser Jenseits, wären aber im Diesseits nicht mehr so entsetzlich allein!

Doch wer von uns möchte schon einen Kerl, der daheim bleibt? Der sich »aushalten« läßt – denn so nennen wir's doch in einem solchen Fall. Wir sind also an unserem Dilemma selber schuld, finden Sie nicht?

Doch das war nur das Allgemeine, der soziale Aspekt sozusagen. In bezug auf unser Sonderproblem will ich Ihnen jetzt einmal den Preis vorrechnen, den ich für meine Liebe zu Lazlo zahle:

Selbst wenn er und ich im gleichen Alter wären, würde ich ihn laut Statistik um sieben Jahre überleben. Doch ich bin fünfzehn Jahr jünger! Und das bedeutet – immer laut Statistik –, daß ich die letzten zweiundzwanzig Jahre meines Lebens eine einsame alte Witwe bin.

Hinzu kommt die Kalkulation seiner voraussichtlichen Impotenz: Sagen wir, daß diese Katastrophe bei einem Prachtexemplar wie Lazlo erst zehn Jahre vor seinem Ende eintreten wird. Das bedeutet, daß ich – abgesehen von den zweiundzwanzig Jahren Enthaltsamkeit, die mich *nach* seinem Tod erwarten – schon zehn Jahre *vorher* neben einem Mann ohne Unterleib zu liegen habe. Und im Gegensatz zu der Sage vom Fischer mit der Nixe kann ich den in meiner heutigen Blütezeit geangelten Lazlo dann eben nicht ins Meer zurückbefördern. Bis daß der Tod uns scheidet, heißt es in diesem Fall.

Mit anderen Worten, beste Helen: Eine Vierzigjährige wie ich, die sich in einen Fünfundfünfzigjährigen wie Lazlo verliebt, hat sich auf rund zweiunddreißig Jahre Keuschheit einzustellen. Sagen Sie: Wäre es da anstatt zu heiraten nicht sinnvoller, gleich in ein Kloster einzutreten?

Und darum bitte ich Sie von ganzem Herzen: Seien Sie nicht länger neidisch auf das bißchen Vergnügen, das ich im Augenblick noch habe. Die besten Jahre mit diesem Mann hatten doch Sie!

Und geben Sie mir endlich diesen verdammten Schlüssel zurück! Das alles ist doch unter Ihrer Würde!
Ihre Yana

10. FAX

Beste Yana,
haben Sie Dank für das Fax mit dem aufklärerischen Zahlenmaterial. Kein Zweifel: Die Mathematik ist tatsächlich eine Ihrer Stärken. Und ich gebe Ihnen recht: Der Preis, den Sie für die Leidenschaft meines Gatten entrichten, ist nicht anders als exorbitant zu nennen.

Darum eine Frage: Warum zahlen Sie ihn? Warum haben Sie nicht gewartet, bis ein Jüngerer kommt? Sie sind doch hübsch! War Lazlo tatsächlich Ihre allerletzte Chance? Vielleicht war's nur Torschlußpanik?

Die Gesellschaft sei grausam zu uns Frauen, sagen Sie ... Die Gesellschaft? Wer ist denn diese Gesellschaft, die so grausam zu uns ist? Wer erzählt diesen älteren Herren, wie anziehend graue Schläfen wirken? Wer sagt ihnen, daß ihr Fettwanst erotisch ist – und daß es auf ein bißchen Potenz mehr oder weniger nicht ankommt, weil es einer Frau ja sowieso in erster Linie um Zärtlichkeit geht?

»Die Gesellschaft!« Das sind doch wir, die das sagen, nicht wahr? Nur solange wir jung sind, natürlich.

Nein, meine Beste: Nicht unsere ergrauenden Männer schieben uns, die ihr Grau wegfärbenden Ehefrauen, auf das berühmte Abstellgleis. Das besorgen wir schon selber. Und warum? Weil wir verlogen, opportunistisch und intrigant sind. Weil wir weder Würde noch Ehrgefühl besitzen!

Haben Sie schon erlebt, daß ein junger Mann von den grauen Zöpfchen oder dem Wabbelbauch seiner ältlichen Angebeteten schwärmt? Daß er ihr sagt, der Sex sei nicht wichtig, weil es ihm, dem Jungen, ja ohnehin nur ums Streicheln gehe? Obwohl er hier sogar möglich wäre, der Sex: Dem alten Mann verkümmert sein Liebesinstrument, doch haben Sie je gehört, daß seiner Frau während der Menopause die Scheide abhanden kommt? Und dann beschimpft eine wie Sie »die Gesellschaft«, die einem 55jährigen Anwalt das Prädikat »begehrenswert« verleiht, während eine gleichaltrige Anwältin bereits als besserer Ausschuß gehandelt wird.

Ihr Jüngeren werdet von ihnen umworben, richtig. Aber Eure Mütter haben Euch doch auch das Reden beigebracht: Warum sagt Ihr nicht nein? Die jungen Männer sagen doch auch nein zu unsereiner. Falls sie es überhaupt wagen sollten, einen Annäherungsversuch zu machen. Eine Frau über fünfzig empfindet es doch schon als Zumutung, ihre Liebesdienste einem Gleichaltrigen anzubieten. Denn der könnte doch wahrhaftig eine Jüngere haben, nicht wahr?

Und dazu seid Ihr auch noch abgrundtief dumm! Sie haben es mir selbst vorgerechnet: Früher oder später habt ja auch Ihr in die Grube zu steigen, die Ihr in jüngeren Jahren für uns Ältere aushebt: ungeliebt, unbegehrt, einsam.

Lebendig begraben mit den anderen alten Frauen im gigantischen weiblichen Massengrab.

Verschonen Sie mich also mit Ihrer selbstgefälligen Liebesmathematik... Den Schlüssel behalte ich, solange *ich* es richtig finde!

11. FAX

Liebe Helen,
dies ist ein Ultimatum: Her mit dem Schlüssel!

Falls Sie ihn mir nicht zurückgeben, muß ich eine Verlustmeldung machen. Und da es sich um einen Passepartout handelt, der zu den Kammern sämtlicher Stockwerke paßt, müßten dann schon aus Sicherheitsgründen auf allen dreißig Etagen des Ostflügels die Schlösser ausgewechselt werden. Die Sache ist also erstens kostspielig und zweitens auch noch sinnlos, denn Sie könnten danach ja ohnehin nicht mehr in Ihr Versteck.

Außerdem habe ich heute das Schlafzimmerfenster mit Tüchern verhängt. Mit der Peepshow ist es vorbei.

12. FAX

Entfernen Sie sofort diese Tücher!

13. FAX

Liebe Yana,
ich habe in meinem ganzen Leben noch nie jemanden erpreßt. Doch wenn diese Tücher bleiben, werde ich dafür sorgen, daß Lazlo Kopien unserer Faxe erhält. Daß dies das Ende Ihrer Beziehung wäre, ist Ihnen wohl klar.

Es nützt auch nichts, wenn Ihr es von nun an in den vorderen Räumlichkeiten treibt, wo ich Euch nicht beobachten kann. Mein Strafvollzug wäre derselbe.

Das gleiche gilt für den Schlüssel zur Kammer: Noch brauche ich ihn. Sie werden also keine Verlustmeldung machen.

Ihre Helen

14. FAX

Liebe Helen,
was ist los mit Ihnen? Sind Sie pervers?

15. FAX

Nein, ich bin nicht pervers. Aber ich bin krank: krank vor Eifersucht. Und darum *muß* ich es sehen. Wenn ich nur Schatten und Umrisse erkenne, bin ich gezwungen, mir das übrige vorzustellen. Und meine Phantasie ist grausam: Sie macht es *perfekt*. Verstehen Sie?

So ein Akt der Liebe hat ja immer auch seine komische Seite. Das ist nicht hübsch und erotisch wie im Kino. Für den, der zuschaut, meine ich. Für den wirkt es eher wie ein mißratenes Ballett: Eine Hand greift in die verkehrte Richtung, ein Bein wird gequetscht, die Köpfe prallen gegeneinander, weil jeder in eine andere Richtung strebt, der Rhythmus wirkt unbeholfen, dann wieder sind ein Busen oder ein Bauch im Weg ... Es gibt also immer wieder Augenblicke, in denen Ihr beide mich trotz allem zum Lachen bringt. Und diese Augenblicke brauche ich – sie sind in diesen Tagen mein einziger Trost!

Natürlich sind da Abende, an denen ich es schaffe, nicht hinaufzufahren. Weil ich mich auf einen wichtigen Termin vorbereiten muß zum Beispiel. Manchmal sogar aus Gleichgültigkeit. Was soll's, sage ich mir dann: Das bißchen Reiben, das Auf und Ab, das Hin und Her ... Man treibt Liebe mit der *Seele* des andern: Es sind seine Gedanken, in die man eindringen möchte, seine *Sehnsucht* soll einem gehören. Und wenn die beiden sich anschauen, wenn sie miteinander reden, bist du ja sowieso nicht dabei!

Aber das gelingt mir nur ausnahmsweise. Die Regel ist, daß ich alle Einladungen absage, jede Arbeit liegenlasse und abends auf meinem Posten stehe. Manchmal seid Ihr ausgegangen. Da warte ich dann, bis Ihr heimkommt. Manchmal habt Ihr Gäste. Die legen dann ihre Wintermäntel auf Euer Bett. Und danach seid Ihr zuweilen so müde, daß die Vorstellung ausfallen muß. Doch in den meisten Fällen schafft Ihr's dann eben doch. Man muß nur warten können.

Und wenn ich danach so gegen ein, zwei Uhr morgens in meine Wohnung komme, mich in mein großes, leeres Bett lege, brauche ich Tabletten. Immer stärkere und davon immer mehr. Ich, die ich nicht wußte, was Schlaflosigkeit bedeutet!

Und am Morgen nehme ich dann natürlich Aufputschmittel, auch davon immer höhere Dosen, um wenigstens einen Bruchteil meines Pensums zu bewältigen. Ich bin gereizt, abgemagert, meine Konzentrationsfähigkeit ist gleich Null. Ich werde aggressiv zu meinen männlichen Klienten, und das war ich früher nie!

Ich sollte von hierher wegziehen, ich weiß. Wenigstens eine lange Reise machen. Ich kann nicht!

Die Wahrheit ist, daß ich ihn liebe. Und wenn ich ihn nicht durch diese Mauerschlitze sehe, in der Umarmung mit Ihnen, dann sehe ich ihn überhaupt nicht mehr. Begreifen Sie?

16. FAX

Sie haben die Tücher entfernt. Danke.

17. FAX

Unter einer Bedingung: Sie suchen jetzt sofort einen Psychotherapeuten auf!

Helen, Eifersucht ist eine Krankheit, Sie haben recht. Und keineswegs eine nur weibliche, denn laut Statistik macht sie den Männern noch mehr zu schaffen als uns Frauen. Trotzdem ist es eine Krankheit, die man heilen kann. Im Grunde handelt es sich nämlich um einen Mangel an Selbstwertgefühl. Sie haben achtzehn Jahre lang Ihren Wert an den Augen Lazlos abgelesen. Seine Liebe zu Ihnen war der Gradmesser Ihrer Liebenswürdigkeit. Und darum haben Sie jetzt, wo er nicht mehr da ist, das Gefühl, Sie seien auch nichts mehr wert.

Doch ein guter Therapeut kann das behandeln. Er kann Ihnen beibringen, sich selbst zu lieben. Denn wenn Sie sich nicht lieben, wie könnten es dann die andern tun?

Und wenn Sie das nicht gleich fertigkriegen, müssen Sie sich zunächst ganz einfach *einreden*, daß es so ist. Ich weiß das von einer Freundin. Die ist nach ihrer Scheidung durch eine ganz ähnliche Phase gegangen ... Es gibt da ein paar ganz einfache Übungen. Am besten, Sie fangen sofort damit an. Denn je früher Sie die Sache angehen, desto schneller sind Sie am Ziel!

Stellen Sie sich vor den Spiegel... Ich weiß, daß Sie jetzt über mich lachen werden, doch ich schwöre Ihnen, daß es hilft.

Stellen Sie sich vor den Spiegel, sehen Sie sich an.

Und jetzt sagen Sie zu sich selber, und zwar ganz laut:

Du bist phantastisch, Helen Staviski!

Ich mag dich!

Du bist schön!

Du bist erfolgreich!

Du bist begehrenswert!

Los, Helen, trauen Sie sich!

Fangen Sie an!

18. FAX

Liebe Yana,
Sie überraschen mich stets aufs neue. Sie sind also nicht nur eine erfolgreiche Architektin, eine geschickte Rechnerin in Liebesdingen, eine begnadete Reiterin auf fremden Ehemännern – selbst eine Psychologin scheint noch in Ihnen zu stecken!

Ich muß mir also lediglich meinen verdammten Minderwertigkeitskomplex abtrainieren? Mich selbst anhimmeln, damit es auch die andern tun? Sagen Sie, verehrte Trösterin: Für wie blöd halten Sie mich? Denn dieses Kunststück könnte vielleicht einem Dummkopf gelingen, und der hat sowieso keinen Minderwertigkeitskomplex: Wenn einer sagt, er werde niemals eifersüchtig, muß es sich entweder um einen Frigiden oder um einen Idioten handeln. Der Frigide hält sowieso nichts von Sex – worauf sollte er also eifersüchtig sein? Der Idiot mag ihn, hat aber keinerlei Zweifel, daß er sowieso der Größte ist.

Doch wie sollte ein intelligenter Mensch – und ich will hier einmal voraussetzen, daß ich das bin – zu einer hohen Meinung von sich selber kommen, können Sie mir das sagen? Es ist normal, wenn uns ein anderer bewundert: Von unseren sorgfältig kaschierten Fehlern hat er ja keine Ahnung. Es ist normal, wenn wir einen anderen bewundern: Da wir nicht in ihn hineinschauen, kennen wir auch seine Schwächen nicht. Doch Bewunderung für uns selber?

Das ist doch Psychologengelaber, meine Liebe. Unser berühmtes Selbstwertgefühl, das kommt ausschließlich von den andern. Wir sind immer nur so großartig, wie man uns zu sehen beliebt. Wenn man uns bewundert, sind wir bewundernswert. Wenn man uns schön findet, sind wir schön. Wenn man uns übersieht, sind wir uninteressant. Wenn man uns vergißt, sind wir bedeutungslos. Und wenn uns der Geliebte verläßt, fühlen wir uns zumindest solange nicht begehrenswert, bis wieder einer kommt, der an uns hängenbleibt.

Es gibt keinen Psychotherapeuten, der eine unglückliche Liebe kurieren kann. Gegen eine unglückliche Liebe gibt es nämlich nur ein Gegenmittel: eine glückliche Liebe. Aber wie soll einem die begegnen, wenn man die anderen Menschen nicht einmal wahrnimmt?

Du bist phantastisch, Helen Staviski!?

Ich bin nicht phantastisch, Yana Stern: Sonst wäre er nämlich jetzt bei mir und nicht bei Ihnen!

Ich mag dich, Helen Staviski!?

Sagen Sie: Wie könnte ich mich mögen, wenn er so offensichtlich lieber eine andere mag?

Und ich fühle mich auch nicht erfolgreich und begehrenswert... Ich fühle mich wie eine Frau, die ihr Kerl verlassen hat: Ich fühle mich beschissen!

Ich fühle mich *alt*.

19. FAX

Liebe Helen,
wie lange ist es her seit Ihrem letzten Fax? Fünf Monate? Ein halbes Jahr?

Jedenfalls war es noch Winter. Das kam mir zu Bewußtsein, als ich Sie gestern in der Lobby mit dem jungen Portier reden sah. Sie trugen ein himmelblaues Leinenkleid. Sie lachten.

Und darum nehme ich mir die Freiheit, Ihr langes Schweigen positiv zu deuten: Die Zeit heilt alle Wunden, habe ich's nicht gesagt?

Darf ich Sie an den Schlüssel erinnern? Den brauchen Sie doch jetzt nicht mehr!

Mit freundlichen Grüßen,
Ihre Yana

20. FAX

Liebe Yana,
in bezug auf den Schlüssel muß ich Sie enttäuschen: Ich brauche ihn noch immer.

Wenn auch lange nicht mehr so häufig. Denn es ist ja erstaunlich ruhig bei Euch geworden. Ob die Zeit alle Wunden heilt, kann ich noch nicht sagen. Doch in Eurem Fall hat sie ganz offensichtlich die Leidenschaft kuriert. Trotz der neuen Lingerie-Kollektion: Licht aus, schlafen – wie bei einem in Ehren ergrauten Ehepaar.

Und dabei seid Ihr gar keins. Apropos: Warum hat Lazlo noch immer nicht die Scheidung eingereicht? Ich hatte ihn doch wissen lassen, daß ich alles unterschreibe.

Mit unveränderter Anteilnahme,
Ihre Helen

21. FAX

Ihr Fax klingt nach Schadenfreude, beste Helen. Doch falls das so wäre, freuten Sie sich umsonst: Lazlo und ich sind miteinander so glücklich wie am Anfang. Die von Ihnen offenbar sehr vermißten Bettszenen sind lediglich auf seine berufliche Überlastung zurückzuführen. Wie Sie wissen, hat Brandes ihn zum Teilhaber gemacht, und das bedeutet wohl doppelt soviel Einkommen, aber eben auch doppelt soviel Streß. Da Sie uns leider noch immer nicht aus den Augen lassen, haben Sie sicherlich auch bemerkt, daß er abgenommen hat: Der Bauch ist weg.

Das mit der Scheidung hat überhaupt keine Eile. Wenn zwei Menschen sich wirklich lieben, brauchen sie keinen Stempel. *Ich* werde ihn jedenfalls nicht zum Standesamt drängen.

Liebe Helen, warum können Sie sich nicht endlich mit den Tatsachen abfinden? Lazlo mag Sie, er hat Sie gern, ich würde sogar sagen, daß er Sie irgendwie verherrlicht. Aber er liebt Sie nicht.

Es ist aus, Helen! Ist das so schwer zu begreifen?

Es gebe eine Möglichkeit, immer zu gewinnen, sagt der Dichter: Es genüge, daß man verlieren lernt.

Warum lernen Sie's nicht?

Warum lassen Sie nicht los?

22. FAX

Yana,
meine Beste, waren wir vielleicht naiv!

Nun, ich fürchte, daß in bezug auf's Verlierenlernen die Reihe an Ihnen sein könnte: Daß Lazlo nicht mehr mit Ihnen schläft, hat nichts mit Überarbeitung zu tun. Jedenfalls nicht mit der Art, die Sie meinen.

Er übt jetzt anderswo, Darling. Die Aktivität ist dieselbe, nur der Schauplatz hat sich verlagert.

23. FAX

Liebe Helen,
ich verstehe kein Wort.

Sind Sie übergeschnappt?

24. FAX

Wir sind nicht mehr allein, beste Yana:
Es gibt eine Dritte im Bunde!

25. FAX

Was für eine Dritte?
Eine dritte Frau?

26. FAX

Fünfundzwanzig Jahre jung, liebe Freundin.

27. FAX

Unmöglich. Das hätte ich gespürt.

28. FAX

Beweise?

29. FAX

Nein!

30. FAX

Wo war er gestern zwischen halb sieben und acht?

31. FAX

Beim Yoga. Er nimmt jetzt dreimal in der Woche Yogastunden, gegen den Streß.

Mit meiner vollen Unterstützung. Bei einem Mann!

32. FAX

An dieser Geschichte stimmt nur das Wort Yoga.

Sie ist Studentin, verdient sich den Unterhalt mit Yogastunden. Doch das ist es nicht, was er mit ihr betreibt.

33. FAX

Ein mieser kleiner Racheakt. Ich glaube Ihnen kein Wort.

34. FAX

Womit Sie mich leider zwingen, Ihren Schmerz zu multiplizieren, liebe Yana. Es ist aber eine längere Geschichte. Sind Sie bereit, sie anzuhören?

Es war in der vorletzten Woche, so gegen sieben Uhr abends. Ich war unten in unserem Supermarkt gewesen, trug in jedem Arm eine Einkaufstüte. Eigentlich wollte ich direkt nach Hause. Doch dann dachte ich plötzlich: Nur wegen der Tüten? Nein, du fährst rauf, siehst nach, was sie treiben. Obwohl Ihr's um diese Zeit eigentlich schon lange nicht mehr treibt.

Und dann dieser unglaubliche Zufall. Mit mir im Aufzug fährt nämlich ein ziemlich wilder Bursche: Rastalocken, aufgedrehtes Kofferradio und als Clou eine Pythonschlange um den Hals. Aus Plastik natürlich, aber so täuschend echt, daß es mich kurz aus der Fassung bringt. Jedenfalls steige ich dann ganz automatisch hinter ihm aus, ohne zu merken, daß ich anstatt im 30. erst im 19. Stockwerk bin. Ich gehe zur Kammer, schließe auf. Sie hatten recht: Der Schlüssel ist tatsächlich ein Passepartout. Jedenfalls ist beim Aufschließen nicht der geringste Unterschied zu merken.

Auch drin in der Kammer: Alles gleich. Ich stelle meine Tüten ab, gehe zu den Lüftungsschlitzen, die ebenfalls an derselben Stelle sind ... und sehe Lazlo.

Aber nicht mit Ihnen, beste Yana, sondern mit einer andern.

Zuerst denke ich, Sie sind verreist. Er hat Ihre Abwesenheit genutzt, um eine kleine Hure einzuschleusen. Bis ich dann merkte, daß auch die Einrichtung anders ist. Das heißt, eigentlich ist es gar keine Einrichtung: Eine Matratze, ein Tisch, das ist alles, was ich aus meiner Perspektive sehe.

Hatte es Krach gegeben? Waren Sie ausgezogen?

Jedenfalls dauert es eine Ewigkeit, bis ich meinen Irrtum erkenne: Ich war im falschen Stockwerk ausgestiegen! Das Fenster, in das ich schaue, gehört ganz offensichtlich zu einer Einzimmerwohnung. Und in dieser liegt eben Lazlo mit einer mir unbekannten, nackten jungen Frau auf einer Matratze und übt sich im Liebemachen!

Dann denke ich, daß ich mich täusche. Vielleicht ist das gar nicht Lazlo, sondern irgendein Doppelgänger? Da die beiden nicht aufeinanderliegen, sondern parallel, Auge in Auge sozusagen, sehe ich ihn nur im Profil.

Auch seine Gestik ist anders ... Nicht aggressiv und gierig wie bei Ihnen – oder damals, in den allerbesten Jahren, auch bei mir –, sondern von einer Behutsamkeit, die ich nicht an ihm kenne. Er sieht aus wie einer, der sich im Schlaf bewegt.

Erst später wird mir klar, daß es sich dabei um so etwas wie eine Tantra-Technik handeln muß, die Liebeskunst aus dem Osten. Und die hat wohl sie ihm beigebracht.

Er lebt ja unterdessen sicher auch vegetarisch, nicht wahr? Sie ist der Grund, daß er keinen Bauch mehr hat. Die Liebe, ach ja...

Punkt acht steht er auf – es ist Lazlo, kein Zweifel –, zieht sich an und fährt zu Ihnen in den 30. Stock hinauf.

Natürlich habe ich gleich am nächsten Morgen Erkundigungen angestellt. Sie heißt Iris, Iris Rudnik, ist Studentin der Indologie, verdient sich den Unterhalt mit privaten Yogastunden. Doch offenbar nur am Vormittag. Nachmittags scheint sie für irgendein Examen zu büffeln, denn da sitzt sie dann stets an ihrem mit dikken Wälzern überladenen Tischchen.

Geld scheint sie nicht zu haben – Jeans und T-Shirt, etwas anderes habe ich in diesen zehn Tagen nicht an ihr gesehen. Darunter nichts. (Wenn man bedenkt, wieviel Mühe Sie sich mit Reizwäsche geben!)

Null Make-up, kein Lippenstift. Bevor er eintrifft, legt sie rasch ein bißchen Lidschatten auf. Das weiß ich, weil sie dann mit einem Handspiegelchen zum Fenster kommt.

Mit anderen Worten: ein total natürliches Geschöpf. Außer ein bißchen Nägelkauen habe ich an ihr keine einzige Schwäche entdecken können.

Doch überzeugen Sie sich selbst: 19. Stockwerk, das Apartment direkt gegenüber der Folterkammer. Selbstverständlich gehört sie zu diesem Zweck ganz und gar Ihnen. Und sagen Sie jetzt bitte nicht, daß Sie dazu meinen Schlüssel brauchen!

35. FAX

Du dreckige kleine Hure!

Du miese Schlampe!

Was zahlt er Dir für Deine orientalischen Schweinereien, Du Miststück, sag?!

Hör zu: Du läßt jetzt sofort meinen Mann aus Deinen Hurenfingern! Du verabschiedest Dich von ihm, gleich morgen abend! Aber so, daß er's kapiert!

Sag ihm, daß Du einen andern hast. Einen Jungen, Potenten, der's die ganze Nacht mit Dir treibt. Und zwar ohne Tantra!

Und noch etwas: Dies ist meine erste und letzte Warnung. Noch eine einzige »Yogastunde«, und ich lege Dich um!

36. FAX

Nun, liebe Yana, habe ich Sie belogen?

37. FAX

Nein, liebe Helen, Sie haben mich nicht belogen.

38. FAX

Und Sie wollen nichts unternehmen?

39. FAX

Was denn?

Ich habe versucht, sie einzuschüchtern, mit einem hundsgemeinen Fax. Sie hat nicht einmal reagiert. Doch zum Glück scheint Sie's ihm auch nicht gezeigt zu haben. Gerissenes Biest! Auf keinen Fall werde ich ihn zur Rede stellen. Denn wenn er jetzt unter Druck gerät, könnte er sich für sie entscheiden. Was mache ich dann?

Wissen Sie, was mir am meisten zusetzt? Daß ich so naiv gewesen bin. Seine geliebten Steaks! Seit Monaten rührt er kein Fleisch mehr an. Nicht einmal Fisch! Und kürzlich, als er sich an der Hand verletzt hatte, kam er mit einem Töpfchen Schlangengift nach Hause: von seinem Yogalehrer!

Ich meine: Wie blöd kann eine Frau sein?

Was du jetzt haben mußt, ist Geduld, sage ich mir. Eine Fünfundzwanzigjährige!

Mit so was kann man doch nicht einmal ein Gespräch führen! Noch ein paar Wochen, und du hast ihn wieder. Vorausgesetzt, du bringst es fertig, das Maul zu halten!

Laß das mit den Dessous. Kauf dir ein Buch über orientalische Liebeskunst. Interessier dich für seine beruflichen Probleme. Sei lieb, sei lieb, sei lieb!

Unterdessen geht er nach wie vor dreimal in der

Woche zu seinen »Lektionen«. Erzählt mir beim Heimkommen, wie entspannt er sich fühlt. Und sooo müde! Am liebsten würde er sich auf der Stelle schlafen legen... Essen? Höchstens einen kleinen Salat. Nein, kein Fleisch, um Himmels willen!

Warum ich Ihnen das alles erzähle, weiß ich nicht. Denn das kann Sie natürlich nur freuen. Ansonsten hätten Sie mir Ihre Entdeckung ja vorenthalten, oder?

Doch ob Sie sich nun freuen oder nicht: Sie sind der einzige Mensch auf der Welt, der genau weiß, in welche Hölle ich aus meinem Himmel gefallen bin.

Übrigens gehört die Folterkammer auf dem 19. wieder ganz und gar Ihnen. *Ich* habe genug gesehen!

In den 30. Stock brauchen Sie erst gar nicht heraufzufahren, das Stück läuft jetzt ausschließlich auf der 19. Etage. An den gewohnten Tagen, zur gewohnten Zeit. Zufrieden?

40. FAX

Liebe Yana,
soeben ist dieses Fax unserer jungen Freundin eingetroffen. Sie hat also doch zurückgeschrieben, wenn auch der falschen Frau.

Offenbar hatten Sie in Ihrem sicherlich von einer anonymen Örtlichkeit abgeschickten Fax von »Ihrem« Mann gesprochen. Und da Lazlo und ich nach wie vor verheiratet sind, hat sie natürlich gemeint, die Drohungen kämen von mir. So wie ich ihn kenne, hat er die Kleine über Sie erst gar nicht informiert. Warum kompliziert, wenn es auch einfach geht?

Nachfolgend also das Antwortfax unserer Rivalin. Harmlos, aber nicht ungeschickt.

41. FAX

Sehr geehrte Frau Staviski,
Ihr Fax hat mich total fertiggemacht, ehrlich! Zuerst wollte ich damit sogar zur Polizei: Eine Morddrohung ist schließlich eine Morddrohung, hab ich recht?

Klar hab ich auch dran gedacht, es Lazlo zu zeigen. Aber der hat bis jetzt immer nur in den höchsten Tönen von Ihnen geredet: Meine Frau dies, meine Frau das. Als ob Sie so eine Art Gottheit wären: die Gütigste, Gescheiteste, Schönste ... Wenn ich ihm dieses Fax zeige, fällt er in ein Megaloch, soviel ist sicher. Und was hab ich davon, wenn er Sie jetzt für einen faulen Hering hält?

Also hab ich die geschätzte Hausverwaltung um Ihre Faxnummer gebeten. War gar nicht so einfach, die von denen zu kriegen. Wozu, werden Sie fragen? Um Ihnen zu sagen, daß ich mit Ihnen Frieden schließen möchte. *Den* Frieden – den mit dem großen F!

Sie müssen nämlich wissen, daß ich Buddhistin bin. Und da löst man seine Konflikte auf friedlichem Weg.

Das mit dem Buddhismus hat mit meinem Studium zu tun, denn ich studiere Indologie. Oder besser gesagt mit meinem Vater, der einen Lehrstuhl für Indologie hat. Jedes Jahr Ferien in Indien und so weiter, da liegt was anderes gar nicht mehr drin.

Nicht daß Sie jetzt glauben, ich hätte mein Leben ganz und gar im Griff und so weiter. Zum Beispiel kaue ich wie eine Irre an meinen Fingernägeln. Vor allem jetzt, vor dem großen Examen. Mein Alter bekäme Zustände, wenn ich das vermassle. Deswegen hat er mir auch dieses Faxgerät spendiert, damit er mir jeden Tag ein paar hundert Fangfragen stellen kann!

Aber das ist nicht unser Problem. Unser Problem ist, daß Sie, geehrte Frau Staviski, einen lebenden Menschen als Eigentum betrachten. *Mein* Mann, *mein* Besitz! Und auch wenn ich sehr viel jünger bin, muß ich Ihnen eins ganz deutlich sagen:

So eine Haltung wird Sie auf direktem Weg ins Unglück führen.

Von den »Vier Edlen Wahrheiten«, auf denen die buddhistische Liebe beruht, haben Sie sicher schon gehört:

1. Alles Leben ist Leiden.
2. Die Ursache des Leidens sind die Begierden.
3. Die Aufhebung des Leidens ist daher nur durch das Sichlösen von allen Begierden möglich.
4. An deren Stelle tritt der »Achtfache Weg«: Rechte Ansicht und Rechter Entschluß, Rechtes Reden, Rechtes Verhalten, Rechter Lebensunterhalt, Rechte Anstrengung, Achtsamkeit und Meditation.

Verstehen Sie, Frau Staviski? Solange Sie Lazlo haben *wollen*, werden Sie niemals glücklich. Das Glück, das kommt entweder gar nicht, oder es kommt von allein.

Und wenn es tatsächlich eintrifft, wird der Buddhist es mit der gleichen Gelassenheit annehmen wie ein Unglück. Er weiß ja, daß jedes Glück ohnehin zugleich ein Unglück ist: Weil es ja irgendwann wieder aufhört. Und je mehr er sich daran hängt, desto größer ist die Verzweiflung, die ihn dann später überfällt. Können Sie mir folgen?

Natürlich läßt es sich nicht vermeiden, daß ich im Augenblick irre glücklich bin. Wegen Lazlo, meine ich. Wenn er lächelt, fühle ich mich so frei, so lebendig. *Im Licht.* Der große Buddha, denke ich immer, so muß er gelächelt haben.

Befreien Sie sich also von Ihrem Besitzdenken! Bleiben Sie gelassen, warten Sie ab. Vielleicht wird er eines Tages zu Ihnen zurückkehren, wer kann das schon wissen? Doch je mehr Sie es sich wünschen, desto schlimmer wird die Zeit, die dazwischen liegt.

Eifersucht ist ein erbärmliches Gefühl, es raubt einem Menschen jede Würde. Und da es gerade den abschreckt, um dessentwillen man es erleidet, ist es auch absolut unnütz. Was immer Sie versuchen: Auf diesem Weg bekommen Sie Lazlo niemals zurück. Verstehen Sie?

Und darum sage ich jetzt das magische Wort:

FRIEDE!

Ihre Iris Maria Rudnik

42. FAX

Liebe Yana,
hier das Fax, das ich vorhin der kleinen Iris geschickt habe. Ich hoffe, daß ich mich damit nicht allzusehr in Ihre Angelegenheiten mische.

Ihre Helen

43. FAX

Beste Iris,
das Fax, das Sie hier erhalten, geht zugleich als Kopie an Frau Yana Stern. Sie war es nämlich, die Ihnen jenes erste Fax geschickt hatte. Die Verwechslung kam daher, daß sie darin vermutlich von »ihrem« Mann geschrieben hat. Und das ist zumindest juristisch gesehen eine Falschaussage, da eigentlich ich, Helen, mit Lazlo Staviski verheiratet bin. Der hat mich jedoch vor etwa sieben Monaten verlassen und ist zu einer Dame im 30. Stockwerk gezogen. Ihr Name ist, wie gesagt, Yana, sie ist vierzig Jahre alt, Architektin, Telefon- und Faxnummer untenstehend.

Daß wir alle im selben Gebäude wohnen, ist Zufall. Kein großer allerdings, wenn man bedenkt, in welch miserablem Zustand unsere Aufzüge sind: Die Wahrscheinlichkeit, sich bei einer Liftpanne zu verlieben, ist einigermaßen hoch. Frau Stern hat Lazlo jedenfalls auf diese Weise kennengelernt.

Und wie war's denn bei Ihnen? Ich nehme an, daß er tatsächlich auf der Suche nach Yogastunden gewesen ist: Vielleicht hatten Sie einen Aushang in unserem Fitneß-Center? Für Sie ist es natürlich auf jeden Fall Schicksal gewesen. Der liebe Gott würfelt nicht, sagte schon Albert Einstein. Und das gilt für die Anhänger des Buddhismus erst recht.

Ich könnte mir einen Gott ausschließlich beim Würfeln denken – sofern ich mir überhaupt einen denken würde. Jedenfalls kann ich in unserem Leben nichts als eine Reihe glücklicher und unglücklicher Zufälle erkennen. Schicksal ist das, was wir aus diesen Zufällen machen. Wenn ich jetzt zum Beispiel Ihr Friedensfax an Ihre Rivalin weiterschicke, werde ich zum Schicksal von Euch beiden.

Auf einen Punkt Ihres Faxes möchte ich dennoch selbst antworten. Sie schreiben, daß es die Begierden sind, mit denen wir unsere Höllen fabrizieren. Für mich, liebe Iris, wäre gerade das Fehlen von Begierden die schrecklichste aller Höllen. Und auch bei mir ist die Zahl Vier im Spiel. Denn wer etwas begehrt, wie beispielsweise die Liebe eines Mannes, erhält zugleich Gelegenheit zu vier gigantischen Emotionen:

1. Den Wunsch selbst, das heißt, die Sehnsucht nach dem so sehr begehrten Mann.
2. Das Glück, wenn dieser Wunsch in Erfüllung geht.
3. Die Enttäuschung, wenn man von dem Begehrten zurückgewiesen wird.
4. Die Eifersucht, wenn er einen wegen einer anderen verläßt.

Und auf vier so großartige Möglichkeiten des Fühlens wollt Ihr Buddhisten freiwillig verzichten? Ich kann mir nicht helfen: Auf mich wirkt Eure Lehre wie eine Anleitung zu der Kunst, sein Leben als Kadaver zu verbringen. Denn Eifersucht ist ja auch ein Gefühl, und was für eines! Nach meiner Ansicht sind die einzig Bedauernswerten jene, die sich aus lauter Angst vor der Eifersucht erst gar nicht zu lieben trauen!

Im Gegensatz zu Ihnen halte ich also Ihr Nägelkauen für ein Zeichen der Hoffnung: Zumindest den Wunsch nach einem bestandenen Examen scheint es in Ihrem Herzen noch zu geben.

Mit freundlichen Grüßen,
Ihre Helen Staviski

44. FAX

Liebe Helen,
damit es zu keiner weiteren Verwechslung kommt, nenne ich Sie beim Vornamen, o.k.?

Da habe ich mich ja schön blamiert. Mit meinem vorigen Fax, meine ich. Tut mir absolut leid. Daß Sie mir nicht böse sind, finde ich super!

Doch vom Buddhismus haben Sie nichts, nichts, nichts begriffen! Vielleicht sehen wir uns mal, um ein bißchen darüber zu reden? So wie Lazlo von Ihnen spricht, hat er bestimmt nichts dagegen. Diese Yana hat er tatsächlich mit keinem Wort erwähnt. Aber so ist er nun mal. Und eigentlich mag ich's, wenn Männer so sind. Diskret, meine ich.

Friede!
Ihre Iris

45. FAX

Liebe Iris,
Helen hat mir das Schreiben gefaxt, das Sie versehentlich an sie geschickt hatten. Ich kann Ihnen nicht sagen, wie leid es mir tut, daß ich so grob und ausfallend war. Die Entdeckung dieser Geschichte hat mich beinah um den Verstand gebracht. Doch das muß man erlebt haben, um es zu begreifen. Eifersucht: Jetzt weiß ich, was dieses Wort bedeutet. Und ich kann nur hoffen, daß sie Ihnen Zeit Ihres Lebens erspart bleibt!

Nach Ihrer Antwort habe ich den Eindruck, daß Sie ein Mensch sind, mit dem man sprechen kann. Von dem man vielleicht sogar ein kleines Opfer erhoffen dürfte? Ein Buddhist sei jemand, der sich an nichts und niemanden klammert, schreiben Sie.

Liebe Iris: Wollen Sie mir das beweisen?

Geben Sie ihn mir zurück! Sie sind noch so jung – im Vergleich zu mir jedenfalls, die ich bereits über vierzig bin. In Ihrem Alter kann man doch noch jeden haben!

Natürlich findet ein Fünfundfünfzigjähriger es aufregend, wenn ihn eine Fünfundzwanzigjährige mit in ihr Bett nimmt. Doch Lazlo liebt *mich*, da bin ich ganz sicher! Die Sache ist also auf keinen Fall von Dauer. Er wird sich ein bißchen mit Ihnen amüsieren und Sie dann liegenlassen wie ein benutztes Laken. Glauben

Sie mir – in meinem Alter kennt man die Männer ein bißchen besser.

Und falls er bei Ihnen bliebe, was dann? Welche Zukunft würde Sie erwarten? Laut Statistik hat ein Mann heute eine Lebenserwartung von fünfundsiebzig Jahren, während eine Frau mit zweiundachtzig rechnen kann. Wenn Lazlo stirbt, sind Sie um die Fünfundvierzig, wobei Sie die letzten zehn Jahre bereits als eine Art Krankenschwester neben ihm verbracht haben werden. In diesem Alter ist es dann fast unmöglich, noch einen Mann zum Heiraten zu finden. Familie, Kinder, Enkel – auf all das haben Sie verzichtet. Lazlo will keinen Nachwuchs, in diesem Punkt ist er unerbittlich. Sie würden also wegen eines Leichtsinns von heute die letzten vier Jahrzehnte Ihres Lebens in absoluter Einsamkeit verbringen. Das wäre selbst für eine Buddhistin keine Kleinigkeit.

Und darum noch einmal:

Retten Sie sich!

Retten Sie mich!

Geben Sie ihn mir zurück!

Ihre Yana

46. FAX

Yana, Beste, Ihr Fax hat mich völlig durcheinandergebracht. Und darum habe ich es vorhin Lazlo gezeigt. Es ist schließlich *sein* Leben, hab ich recht? Er hat es gelesen und ist weg. Gesagt hat er kein Wort.

Nach einer Stunde Meditation fühle ich mich aber wieder ganz ruhig. Was immer geschieht – ich bin bereit, es anzunehmen. Denn unsere Wege sind vorgezeichnet, sowohl meiner als auch Ihrer. Wenn wir leiden, so geschieht das, damit wir innerlich wachsen können. Je größer der heutige Schmerz, desto größer unser späterer Gewinn. Verstehen Sie?

Jedenfalls erhält die, für die er sich nun entscheidet, ein Glück, das sie verdient hat. Ungerechtigkeit ist ausgeschlossen: Was mit uns geschieht, ist ja stets Lohn oder Strafe für unser Verhalten in einer früheren Existenz. Als Buddhist müssen Sie auch mit keinem Menschen Mitleid haben. Denn wer zum Beispiel als Krüppel geboren wird, der weiß, warum ihm das geschieht, und erhält zugleich die Möglichkeit, sein jetziges Leben so zu führen, daß er im nächsten keine Krücken mehr braucht. Gerechter geht's nicht mehr, stimmt's?

Warten wir also ab, wie Lazlo sich entscheidet. Gegen das Schicksal gibt es keine Waffe, davon bin ich fest überzeugt.

Friede! Ihre Iris

47. FAX

Helen,
er hat mich verlassen. Das gerissene Luder hat ihm ein Fax gezeigt, in dem ich sie in aller Demut bitte, ihn aufzugeben.

Eine Nacht lang ist er weggeblieben. Kein Anruf, nichts. Am nächsten Tag, als ich bei der Arbeit war, ist er dann gekommen und hat seine Sachen geholt. Alle. Und damit ist er direkt zu ihr in den 19. Stock.

Nur Sie können ermessen, in welchem Zustand ich mich befinde. Ich habe mich krank gemeldet, sitze Tag und Nacht in diesem verdammten Penthouse herum und weine mir die Augen aus. Ich denke an Selbstmord.

48. FAX

Liebe Yana,
aber das sind doch nicht Sie, die er verlassen hat: Er folgt seinem biologischen Instinkt! Und der befiehlt ihm, die jüngere Partnerin der älteren vorzuziehen. Das dürfen Sie auf keinen Fall persönlich nehmen.

Und im Grunde ist es natürlich ein Problem Ihres Selbstwertgefühls – und das kann man kurieren. Stellen Sie sich vor den Spiegel, sprechen Sie mir nach: Ich mag mich! Ich bin wunderbar!

Sehen Sie? Es wird schon besser! Kopf hoch, meine Liebe. Sie wissen doch, daß die Zeit alle Wunden heilt.

49. FAX

Liebe Helen,
wenn ich nicht so verzweifelt wäre, hätten Sie mich zum Lachen gebracht mit Ihrem Fax.

Doch natürlich sind Sie im Recht. Was habe ich Ihnen angetan! Wie konnte ich dermaßen grausam sein – zu einer Frau, die soviel älter ist!

Wäre ich diesem Mann doch nie begegnet! Wäre ich nie in dieses Haus gezogen! Ich kann Ihnen nicht sagen, wie gedemütigt ich mich fühle! Er hat mich abserviert! Sich eine Jüngere genommen! Ich bin Abfall!

Helen, Liebe, ich möchte auf Knien zu Ihnen kriechen, um Sie um Verzeihung zu bitten. Und vielleicht sogar um ein bißchen Trost. Ich flehe Sie an: Lassen Sie mich kommen! Und wenn es nur für ein paar Minuten ist!

Bitte, Helen, ich brauche Sie! Ich werde verrückt!

50. FAX

An meinem Wohnzimmerfenster fallen die ersten Schneeflocken vorbei, liebe Yana. Und dabei kommt mir zu Bewußtsein, daß die ja zuerst bei Ihnen gewesen sind, denn zumindest zur Vorderseite liegen unsere Fenster auf derselben Vertikalen.

Im Sommer, als Lazlo noch bei Ihnen wohnte, waren es die Regentropfen, die hier vorbeikamen. Und ich war eifersüchtig, weil Sie sie zuerst gesehen hatten. Während Sie mit ihm am Fenster standen, dachte ich, jeder mit seinem Drink. Im Hintergrund ein bißchen Musik. Die Callas, Pavarotti – bei etwas anderem hört er ja nicht zu. Die Vorstellung brachte mich fast um.

Doch eigentlich wollte ich damit nur sagen, daß seit Ihrem letzten Fax etwa ein halbes Jahr vergangen sein dürfte. Ich glaube nicht, daß Sie darauf wirklich eine Antwort erwartet hatten: Hätte ich Sie in meiner Couchecke in die Arme schließen sollen, daneben eine Schachtel Kleenex für die Tränen? *Ihre* Tränen um *meinen* Mann?

Natürlich war ich die einzige, die wirklich wußte, wie sehr Sie litten. Doch neben allem Mitleid war da ja noch dieser unglaubliche Triumph. Manchmal bin ich abends hinaufgefahren, habe Ihnen beim Heulen zugeschaut: Jawohl, meine Liebe, jetzt weißt du, wie das ist!

Kürzlich habe ich nach einer Ewigkeit wieder einmal bei Ihnen vorbeigesehen, entdeckte auf Ihrem Luxusbett einen schlafenden Mann mit einer Baseballkappe auf dem Kopf. Eine neue Liebe?

51. FAX

Eine neue Liebe, ja! Ein neues Glück! Er heißt Mark, arbeitet seit ein paar Monaten in unserer Firma als Zeichner und ist sogar vier volle Tage jünger als ich! Hatten Sie nicht gesagt, daß alle ledigen Männer über vierzig entweder schwul oder psychopathisch sind? Nun, Mark ist keines von beiden und war trotzdem noch zu haben. Jedenfalls für mich!

Und Sie? Sagen Sie mir nicht, daß Sie noch immer in Ihrer Folterkammer stehen! Der im 19. Stock natürlich – an uns beiden dürften Sie wenig Interesse haben.

Jetzt, wo der Sturm vorbei ist, sollten wir uns wirklich einmal treffen, finden Sie nicht? Und sei's nur, um von ganzem Herzen über uns selbst zu lachen!

Ihre – endlich wieder glückliche –
Yana

52. FAX

Mein Glückwunsch, beste Yana. Nur das mit der Baseballkappe macht mir Sorgen. Was versteckt er darunter? Seinen Ödipuskomplex?

In bezug auf *meine* Geschichte muß ich Sie enttäuschen. Sie ist noch nicht zu Ende. Und darum bin ich nach wie vor auf meinem Posten im 19. Stock. Doch ich darf Ihnen versichern, daß es auch in diesem Fall langsam ruhiger wird. Nicht einmal Tarotkarten darf sie ihm noch legen – jedenfalls nicht auf dem Tisch, den ich einsehen kann.

Von ihrem Tantra scheint er endgültig die Nase voll zu haben. Wenn er sich ihrer bedient, dann tut er es auf die altmodische Art, und zwar ziemlich grob. Als ob er sich für etwas rächen wollte, könnte man meinen. Vielleicht dafür, daß er Sie ihretwegen verlassen hat?

Auch die Einrichtung hat sich natürlich verwandelt. Es gibt jetzt ein richtiges Bett. Und an der linken Wand steht eine Art Hausaltar mit einem Buddha drauf. Ob er lächelt, kann ich nicht erkennen. Jedenfalls hockt er seelenruhig zwischen zwei Zahnputzgläsern voller dunkler Stengel, die wohl Räucherstäbchen sind.

Unsere Kleine trägt übrigens neuerdings Miniröckchen, von denen sie mindestens drei Stück besitzt. Ich verstehe nicht, daß sie sich keine größere Wohnung nehmen. Weil er das Ganze ohnehin als Provisorium betrachtet?

53. FAX

Liebe Helen,
Sie werden sich wundern, nach so langer Zeit wieder einmal von mir zu hören. Ich will Ihnen auch gleich sagen, worum es geht.

Lazlo und ich waren uns immer einig, daß wir niemals einen Fernsehapparat haben würden. Aber gestern abend brachte er plötzlich einen mit. Und kaum hatte er ihn eingeschaltet, erschienen Sie auf dem Bildschirm. Das heißt, ich habe natürlich nicht gewußt, daß Sie das sind. Er hat es mir gesagt.

»Meine Frau.«

»Gratuliere. Hast du deswegen den Fernseher gekauft, um die anzugaffen?«

»Wenn ich das will, brauche ich nur den Lift zu nehmen.«

»Und nimmst du ihn oft, den Lift?«

»Falls das so wäre, ginge es dich überhaupt nichts an.«

»Das ginge mich nichts an?«

»Nein.«

»Und warum nicht?«

»Weil es, wenn schon, meine Privatsache wäre.«

»Deine Privatsache? Eine andere Frau?«

»Keine *andere* Frau. *Meine.*«

Als das Interview mit Ihnen vorbei war, stand er auf und zog seinen Mantel an. Wohin, frage ich. Ins Restaurant. Allein? Jawohl, er habe Lust auf ein Steak ... ein Steak!

Helen, ich muß es wissen! Und darum frage ich Sie ganz direkt: Ihr seht Euch wieder, hab ich recht?

Bitte, Sie müssen mich nicht schonen. Ich werde es nehmen, wie es kommt. Doch ich *muß* die Wahrheit kennen!

Ihre Iris

54. FAX

Liebe kleine Buddhistin,
Sie grämen sich umsonst. Lazlo hat mich tatsächlich in den letzten Wochen ein paarmal angerufen. Seit unserer Trennung ist ja über ein Jahr vergangen. Er hat mich gefragt, ob wir nicht endlich Freunde werden könnten und so weiter. Was man sich eben so sagt. Und, nun ja, ich fehle ihm.

Aber darauf bin ich nicht eingegangen, und ich will Ihnen auch sagen warum. Ich glaube nämlich nicht, daß Freundschaft zwischen Männern und Frauen möglich ist. Entweder ein Mann gefällt einem, dann gefällt er einem in jeder Beziehung – also nicht nur zum Plaudern. Oder er gefällt einem nicht, und dann interessiert einen auch nicht, was er zu sagen hat. Trennen läßt sich das kaum.

Denn worum handelt es sich bei der Liebe? Um die Sehnsucht nach der größtmöglichen Annäherung an einen ganz bestimmten Menschen. Und da der eben aus Körper *und* Geist besteht, möchte man ihm natürlich auf *beiden* Gebieten nahe sein.

Dabei gibt es dann die berühmten Pannen: Bei einem dummen Mann kann man sich dem Geist nicht nähern – es ist ja keiner da! Bei einem gescheiten, aber impotenten wird wiederum die Annäherung der Körper zum Problem. Wenn ein Mann und eine Frau behaupten, daß sie Freunde sind, ist zumindest einer der beiden homosexuell oder frigide. Mit anderen Worten: Die sogenannte Freundschaft ist nichts als ein fauler Kompromiß.

Ich will Ihnen nicht vormachen, daß ich an Lazlo nicht mehr interessiert bin. Das Gegenteil ist der Fall. Und gerade darum habe ich seinen Vorschlag abgelehnt.

Ein Mann und eine Frau, die sich früher einmal liebten – und bei uns beiden ist es eine große Liebe gewesen –, sollten dann später nicht auf Freundschaft machen. Das ist, als ob man versucht, den Tod eines Rennpferdes mit der Anschaffung eines Schoßhündchens auszugleichen. Und wohl etwa so lustig wie ein Tänzchen auf dem Friedhof. Ist Ihre Frage damit beantwortet?

Mit bestem Gruß,
Ihre Helen

55. FAX

Helen,
haltet Ihr beide mich für blöd? Als ich gestern von der Uni kam, stieg Lazlo auf unserem Stockwerk zugleich mit mir aus einem der anderen Aufzüge. Und der kam von oben!

Wollen Sie noch immer leugnen, daß Ihr Euch heimlich trefft? Zum Sex natürlich. Sie selbst haben mir erklärt, daß das dazugehört. Und impotent ist er ja nicht!

Entschuldigen Sie, aber ich weiß nicht mehr, was ich denken soll. Nicht daß ich eifersüchtig wäre. Ich meine, Sie könnten schließlich meine Mutter sein. Meine Großmutter beinah! Doch seit der Sache mit dem Fernseher habe ich Sie dauernd vor mir. Ich träume von Ihnen. Sogar beim Meditieren denke ich noch an Sie! Und dabei stehe ich mitten im Examen!

56. FAX

Iris, er ist bei mir gewesen, ja. Doch ich kann Ihnen versichern, daß nichts »passiert« ist. Daß ich mit einem Mann schlafen will, heißt ja nicht, daß ich mich dann auf ihn stürze. Der erste Schritt hat von ihm zu kommen, und den hat Lazlo nicht getan.

Wo bleiben übrigens Ihre berühmten Regeln? Alles Leben ist Leiden. Die Ursache allen Leidens sind die Begierden ... Erinnern Sie sich?

Hören Sie also auf, ihn für sich zu wollen, und schon ist Ihr Problem gelöst. Möchten Sie die kleine Nägelkauerin in Ihnen gewinnen lassen, einfach so?

57. FAX

Iris, kleine Närrin,
ein hübsches, junges Mädchen, das einer älteren Dame in einem vollbesetzten Lift eine Eifersuchtsszene macht! Haben Sie nicht gemerkt, wie sich unsere Hausgenossen das Lachen verkneifen mußten? Das erlebt man nicht alle Tage!

Und dann der Text:

»So sehen Sie also in natura aus! Und Sie denken, so was wie Sie könnte mir gefährlich werden? Schauen Sie eigentlich nie in den Spiegel?«

Ich weiß, daß Sie's nicht leicht mit ihm haben. Aber das war doch wohl unter Ihrer Würde.

58. FAX

Liebe Helen,
bitte verzeihen Sie mir. Ich weiß nicht, was da über mich gekommen ist. Hinterher hätte ich mich am liebsten angekotzt!

Vielleicht verliere ich den Verstand. Ich meine das ganz ernst. Ich schlafe nicht mehr. Mein Kopf schmerzt zum Zerspringen. Ich höre Stimmen!

59. FAX

Liebe Helen,
gestern sind die Ergebnisse von der Uni gekommen. Gegen alle Erwartung habe ich meinen Abschluß doch noch bestanden.

Abends sind wir dann ausgegangen, angeblich, um zu feiern. Und da hat er es mir gesagt: daß es aus ist. Er hätte lediglich gewartet, bis ich mein Examen hinter mir habe. Er liebe mich nicht. Einfach so.

Eigentlich habe er in seinem ganzen Leben nur eine Frau wirklich geliebt. Und das seien eben Sie. Und ja, er habe wieder angefangen, Sie zu sehen. Er liebe Sie noch immer.

Und auch für mich sei es so natürlich am besten. Ich müsse mir einen Mann in meinem Alter suchen, Kinder kriegen und so weiter... Jetzt auf einmal!

Da kann man Ihnen also nur noch gratulieren. Ihre Strategie war meisterhaft. Geduld, Geduld ... Soll er sie doch ficken, die kleine Schlampe. Irgendwann hat er dann schon genug.

Und Sie sprechen von Gefühlen? Von den Vorzügen der Eifersucht? Eifersucht! Sie haben ja nicht einmal eine Ahnung, was das ist!

Ihr habt mich erledigt, Ihr beide!

Ihr habt mich ausgelöscht!

Ich wollte, ich wäre tot!

60. FAX

Liebe Helen,
gestern habe ich Sie mit Lazlo unten in der Lobby gesehen. Ihr seid miteinander zu den Aufzügen gegangen, hieltet Euch an den Händen.

Was hat das zu bedeuten? Seid Ihr wieder zusammen? Und was ist in dem Fall aus unserer kleinen Buddhistin geworden?

Erlösen Sie mich – ich vergehe vor Neugier!

Ihre Yana

61. FAX

Beste Yana,
es hat ein Happy-End gegeben, jawohl. Lazlo ist zu mir zurückgekehrt.

Mit der kleinen Buddhistin war's ein bißchen komplizierter. Ein Selbstmordversuch, wahrscheinlich sogar ernst gemeint. Und seltsamerweise war ich es, die das Schlimmste verhindern konnte. Besser gesagt, Ihr Schlüssel. Das letzte Fax, das sie mir schickte, klang dermaßen verzweifelt, daß es mir keine Ruhe ließ. Und darum bin ich dann abends noch in die Folterkammer hinuntergefahren und entdeckte sie auf der anderen Seite auf ihrem Bett. Der Rettungsdienst brachte sie ins Krankenhaus, zum Glück war es nicht zu spät. Sie soll jetzt bei ihrem Vater leben, die Wohnung steht jedenfalls leer.

Und wie geht's bei Ihnen? Die Baseballkappe ist noch da? Ich muß gestehen, daß ich längst nicht mehr auf dem laufenden bin.

62. FAX

Liebe Helen,
Dank für Ihr Fax. Sie haben also doch noch gewonnen. Nein, eifersüchtig bin ich nicht. Ein bißchen wehmütig vielleicht. Lazlo gehört nicht zu denen, die man sofort vergißt.

Die Baseballkappe habe ich hinausgeworfen. Sie hatten recht: Einen, der mit vierzig noch zu haben ist, sollte man auf keinen Fall nehmen. Dieser war nicht bloß neurotisch, er war ein Fall für die Psychiatrie!

Seither geht es mir glänzend. Die große Liebe kann mir einstweilen gestohlen bleiben – im Augenblick interessiert mich ausschließlich mein Beruf. Ich habe mich selbständig gemacht. Mit dem Bau eines Einfamilienhauses zunächst, dann habe ich eine Grundschule bekommen, und gerade gestern wurde mir der Auftrag für eine kleine Feriensiedlung zugesprochen. Ich glaube, daß ich in meinem ganzen Leben noch nie so zufrieden gewesen bin.

Und Sie, liebe Helen? Nun, Sie schweben natürlich im siebten Himmel. Mein Gott, war das ein Jahr! Dieser Irrsinn. Ich kann es noch immer nicht begreifen. Daß wir alle drei überlebt haben vor allem. Wissen Sie, daß ich bereits Tabletten gehortet hatte?

Meinen Sie nicht, daß wir uns jetzt endlich einmal kennenlernen sollten? Ganz offiziell? Warum kommen Sie am nächsten Sonntag nicht zum Lunch herauf? Nach allem, was wir durchgestanden haben, könnten wir doch eigentlich Freundinnen werden, oder?

63. FAX

Sie möchten also meine Freundin werden, Yana Stern? Nun, die Voraussetzungen wären gegeben. Denn obwohl wir uns eigentlich gar nicht kennen, wissen Sie über mich mehr als jeder andere Mensch auf dieser Welt. Ihnen habe ich die entsetzlichste Zeit meines Lebens zu danken. Sie kennen mein beschämendstes Geheimnis. Sogar gemeinsam gelitten haben wir. Kann man mehr verlangen?

Man kann mehr verlangen. Eine Freundin – sind Sie ganz sicher, daß Sie wissen, was das ist? Das ist eine Frau, die einem jede Bitte erfüllen würde. Ohne Bedingungen zu stellen. Ohne nach dem Grund zu fragen. Und selbst dann, wenn es für sie selbst ein Opfer bedeutete. Sollen wir Sie also auf die Probe stellen, Yana Stern?

Ob ich glücklich bin, fragen Sie. Du lieber Himmel: Ich dachte, ich hätte ihn verloren – und jetzt ist er auf einmal wieder da. Ich erlebe ein Wunder!

Und trotzdem ... Etwas hat sich verändert. Liebe, Eifersucht – es heißt, diese beiden Gefühle gehören zusammen: Ohne Eifersucht keine Liebe, sagt man, und ohne Liebe keine Eifersucht.

Doch vor Ihnen kannte ich nur die Liebe. Und dann haben Sie mich in dieses Inferno katapultiert. Eifersucht, so entsetzlich, daß ich nur noch daran dachte,

Euch beide aus der Welt zu schaffen ... Ich erinnere mich, daß ich zwei lange, scharfe Messer kaufte. Warum zwei? Da Sie selbst die Eifersucht am eigenen Leibe erlitten haben, kennen Sie sicher auch die Antwort.

Sie kennen sie nicht? Dann waren Sie nicht wirklich eifersüchtig. Damit sich Euer Blut nicht vermischt natürlich. Eifersucht: Erst wenn man so weit unten war, kennt man sie wirklich.

Liebe, Eifersucht. Dank Ihnen, beste Yana, kenne ich jetzt also beide. Und darum muß ich Ihnen leider auch sagen, daß die hochgepriesene Liebe neben der verteufelten Eifersucht eine Bagatelle ist. Ein grobes, plumpes Wohlbefinden. Ein Egotrip für Spießer: »Wie wundervoll muß ich sein, daß mir dieser herrliche Mensch zu Füßen liegt!«

Aus Liebe strickt man Pullover, schreibt Gedichte, schickt Blumen, zeugt Kinder. Aus Eifersucht möchte man nur noch eins: Töten. Den Geliebten, die Rivalin, sich selbst. Und das ist eben schon ein Unterschied, nicht wahr?

Und darum macht sie eben tatsächlich süchtig, die Eifersucht. Wer sie einmal genossen hat – für so lange Zeit und in so hohen Dosen wie ich –, dem wird sie später unweigerlich fehlen. Die Gefühle, die sie einem beschert, sind dermaßen gigantisch, daß sie früher oder später zur Droge wird.

Zu einer zerstörerischen Droge. Denn man kann die Dosierung erhöhen, reduzieren kann man sie nicht. Und darauf verzichten kann man schon gar nicht. Sich nach der Eifersucht mit der Liebe begnügen, das ist, als ob man einem Morphiumsüchtigen ein Marihuanapflänzchen offeriert. Denn die Eifersucht ist eine Bestie, die sich von dem nährt, was sie eigentlich beschützen wollte. Und in dem Maß, wie sie sich vollfrißt, bringt sie dann unsere Liebe zum Verschwinden. Verstehen Sie?

Die Prioritäten verlagern sich: Von dem ehemals so geliebten Mann geht unser Interesse auf die verhaßte Rivalin über. Da man – um ihn zurückzukriegen – zunächst einmal sie besiegen muß, ist es nun logischerweise auch sie, auf die man sich konzentriert. Man observiert sie, studiert sie, analysiert sie: Wer ist diese Frau? Wie ist sie? Was macht sie? Was kann sie? Was kann sie besser als ich? Und eines Tages ist der Mann dann nur noch die Trophäe: Wer kriegt ihn, sie oder ich?

Doch wehe, man ist es selbst, die ihn bekommt: diese Ernüchterung! Ein Mann, den zur gleichen Zeit zwei oder mehr Frauen lieben, ist ja wie eine Aktie, die über ihrem Wert gehandelt wird. Neunzig Prozent von dem, was man an ihm begehrt, hat man in ihn hineinphantasiert. Und darum ist es unvermeidlich, daß er nach dem Triumph über die Konkurrenz auf seinen Nominalwert zurückfällt. Mit dem Verschwinden der Rivalin verschwindet auch er selber: die Geschichte vom betrogenen Betrüger also.

Denn dann hat man ihn. Er liegt wieder neben einem im Bett. Natürlich ist man glücklich: Man hat ja gewonnen, nicht wahr? Man war die Interessanteste von allen! Doch dieses Glücksgefühl hält eigentlich nicht länger als das Hochgefühl nach dem Erringen einer Sportmedaille. Früher oder später beginnt man zu betrachten, was man da erobert hat... Es ist vielleicht im Morgengrauen, wie heute früh bei mir. Man stützt sich auf den Ellbogen, schaut ihn an: Und dafür dieser ganze Wahnsinn, denkt man. All das Leid, der Schmerz, die Verzweiflung. Für diesen älteren Herrn?

Sie haben ihn wieder, ja. Er sagt Ihnen, daß er Sie liebt. Daß Sie die schönste, begehrenswerteste, gescheiteste aller Frauen sind. Daß er nie wieder eine andere berühren wird. Was kann Ihnen also fehlen? Bis Sie dann drauf kommen: Es ist die Droge Eifersucht, die Ihnen fehlt. Zuerst hat Ihnen seine Untreue die Liebe ruiniert. Jetzt bringt Sie seine Treue um die Eifersucht.

Und darum hier die Bedingung für die Prüfung, von der ich eingangs sprach. Die Generalprobe für unsere eventuelle Freundschaft.

Sie haben mich für kommenden Sonntag zum Lunch eingeladen? Liebe Yana: Laden Sie Lazlo ein! Wenn er von Ihnen spricht – und das tut er zuweilen –, sagt er, Sie seien eine der erotischsten Frauen, denen er je begegnet ist. Gerade darum sei er ja damals schwach geworden. Ich bin also fast sicher, daß er Ihre Einladung trotz aller Schwüre annimmt.

Yana, bitte!

Nur dieses eine Mal!

Ich muß ihn noch einmal in den Armen einer anderen sehen. Und wer außer Ihnen käme dafür in Frage?

Tragen Sie Ihre schönsten Dessous.

Die roten, ich glaube, die waren am wirkungsvollsten. Bei ihm und bei mir.

Und dann machen Sie alles so wie früher.

Denn wenigstens ein letztes Mal muß ich es noch erleben: diesen entsetzlichsten aller Schmerzen, diese schrecklichste aller Qualen...

Dieses jede Vorstellung übersteigende Glück – ja, Glück! – der Eifersucht.

Yana, Liebste.

Meine Freundin.

Meine Schwester.

Meine Mörderin.

Würdest du das für mich tun?

II

In Paris habe ich einen Kollegen von Ihnen interviewt. Der hauste in einem Wohnwagen, gleich hinter der Salle Pleyel. Was tun Sie da?

Nur einen Augenblick. Ich stehe Ihnen sofort zur Verfügung.

Sie nehmen das auf?

Wenn Sie erlauben?

Aber nicht einmal ich mache mir eine Tonbandaufzeichnung. Das soll kein Interview werden. Wir hatten vereinbart, daß ich ein Porträt von Ihnen schreibe.

Und gerade darum möchte ich unser Gespräch auf Tonband haben. Bei einem Porträt kann der Journalist nachher mit einem anstellen, was er will, hab' ich recht? Außerdem ist das eine Marotte von mir. Sehen Sie diesen Schrank? Mein privates Archiv, und zwar ausschließlich auf Band. Als Sänger bin ich ein Mann des Gehörs, Herr ...

Eriksen.

An einem Menschen ist nichts so interessant wie die Stimme. Und so entlarvend. Darum gehe ich auch nie in synchronisierte Filme. Für mich ist ein Schauspieler, dem man die Stimme gestohlen hat, eine verstümmelte Kreatur ... So, es funktioniert. Fahren Sie also fort. Sie sprachen von einem Interview, das Sie in Paris geführt haben. Aber nehmen Sie doch Platz.

Na schön. Ein Kollege von Ihnen. Der lebte in einem Wohnwagen, den er direkt neben der Salle Pleyel postiert hatte. Das sei eben sein Lebensstil, sagte er, er hasse Besitz. Wie sich herausstellte, gehört ihm ein Schlößchen in der Bretagne, ein Weingut am Genfer See, und in New York besitzt er eine Wohnung mit Blick auf den Central Park.

Ich weiß, wen Sie meinen.

Wo ist denn Ihr Château?

Sie sitzen mitten in der guten Stube. Nein, warten Sie, an einem so prächtigen Morgen könnte man eigentlich das Dach wegrollen ... Da, sehen Sie? Jetzt sitzen Sie auf meiner Terrasse. Und ich schwöre Ihnen, daß dieses Schiff mein einziger Wohnsitz ist.

Tut mir leid, Herr Fabius, aber das kaufe ich Ihnen nicht ab. Ein Künstler mit Ihrem Einkommen! ... Na schön. Salon, Eßzimmer, Küche. Wie viele Schlafräume?

Nur einer: meiner.

Kann man ihn besichtigen?

Das dürfte im Augenblick leider nicht möglich sein.

Bad?

Aber ja doch.

Marmorwanne, nehme ich an?

Ich bin ein Sänger, Herr...

Eriksen.

Ein Bariton.

Es soll Leute geben, die unter der Dusche singen.

Das sind Tenöre.

Sechzig Quadratmeter Wohnfläche, kann man das schreiben?

Kann man. Verdammtes Telefon, das stell' ich jetzt mal ab. Einen Scotch? ... Soda? Eis?

Nur Eis. Aber eine gute PR-Idee ist das schon.

Auf einem Schiff zu leben?

Gerade in Ihrem Fall. Hat der Fliegende Holländer nicht auch auf einem Schiff gelebt?

Der ist dazu verdammt ... Oh! Sie entschuldigen, Herr Eriksen ... Frau Yamahito, Sie wollen schon gehen?

Man erwartet mich, Herr Fabius.

Dann auf Wiedersehen, Frau Yamahito. Sayonara.

Eine wundervolle Nacht!

Ganz meinerseits, Frau Yamahito. Warten Sie, ich begleite Sie an Land.

O nein, bitte. Die Herren sind bei der Arbeit. Auf Wiedersehen!

Auf Wiedersehen ... Tut mir leid wegen der Unterbrechung. Wo sind wir gewesen?

Wer war diese Kimono-Schönheit?

Eine Kostümbildnerin aus Tokyo. Wir hatten die Ausstattung für den japanischen »Tannhäuser« besprochen. Ihr Gatte macht übrigens das Bühnenbild, ein fabelhaftes Team. Doch fahren Sie fort.

Noch mal zu meiner Frage: Der Fliegende Holländer, lebt der nicht auch auf einem Schiff?

Und hier noch mal meine Antwort: Er ist dazu verdammt.

Warum ist er dazu verdammt? Sie müssen schon verzeihen, ich bin kein Operngänger.

Weil er keine Frau findet, die treu sein kann. Alle sieben Jahre darf er an Land, um zu heiraten. Aber keine seiner Frauen ist ihm treu: »Vor Anker alle sieben Jahr, ein Weib zu frein, geht er ans Land: Er freite alle sieben Jahr, noch nie ein treues Weib er fand.« Erst nach ein paar hundert Jahren findet er eine treue Frau. Der Teufel hebt seinen Bannfluch auf, er ist vom Seemannsleben erlöst. Hier Ihr Drink.

Besten Dank. Dann trinken wir doch auf den Fliegenden Holländer! »Steuermann, laß die Wacht. Steuermann, her zu uns. Da, dara, dara, dara ...« Das ist doch aus dem »Fliegenden Holländer«?

Zumindest Schallplatten scheinen Sie zu hören.

Das war ein Zufallstreffer. Sie haben vierzig Opern im Repertoire?

Könnte hinkommen, ja.

Aber der Fliegende Holländer ist Ihr größter Erfolg? Können Sie sagen, wie oft Sie die Partie gesungen haben?

An die tausend Mal.

Mag man so was dann eigentlich noch hören? Wenn unsereins auch nur zehnmal den gleichen Text tippen müßte, Wort für Wort...

Das läßt sich wohl kaum vergleichen.

Natürlich nicht.

Die Musik von Wagner mag man entweder immer oder gar nicht.

Dann gehöre ich wohl eher zur zweiten Sorte. Normalerweise bin ich nämlich bei der Literaturkritik.

Und warum hat die Zeitung *Sie* geschickt?

Ich fürchte, das ist meine Idee gewesen. Tut mir leid. Aber ich interessiere mich für Schiffe!

Dankeschön!

Flying Dutchman IV. Wenn Ihnen die Oper auf die Nerven ginge, hätten Sie ja wohl nicht schon zum vierten Mal Ihr Boot danach getauft? Meins heißt jedenfalls nicht wie meine Zeitung.

Wie denn?

Senta.

Senta?!

Was ist daran komisch?

So heißt die Braut des Fliegenden Holländers. Die Dame, die ihn dann schließlich erlöst.

Der Name meiner Frau. Allerdings sind sie in ihrer Familie alle Wagner-verrückt. Mag sein, daß das was damit zu tun hat. Sie ist übrigens eine Ihrer ganz großen Verehrerinnen. Sie steckt auch hinter diesem Interviewtermin: Sein Sechzigster! Ihr müßt was bringen! Sie müssen sich also wegen dieses Porträts nicht die geringsten Sorgen machen. Ein falsches Wort, und ich werde im Schlaf erstochen.

Gut so. Was möchten Sie denn noch wissen? ... Wo bleibt übrigens Ihr Fotograf?

Ich hatte eigens um Vorsprung gebeten. Sie sind doch nicht unter Zeitdruck?

Der Vormittag gehört Ihnen. Aber bringen wir's hinter uns: Sie haben mich noch nicht gefragt, was ich vom Hamburger Publikum halte.

Was halten Sie vom Hamburger Publikum?

Groß-ar-tig. Und was halte ich von den Beatles?

Die Mozarts der Neuzeit.

Na sehen Sie.

Steht alles in diesem Dossier. Über Ihre politischen Ansichten hätte ich gern mehr gewußt.

Die dürften nicht interessanter sein als die eines x-beliebigen Ihrer Leser.

Das Archiv war aber voller Fotos. Der deutsche Bundeskanzler. Der französische Präsident. Hier, Mrs. Thatcher. Wollen Sie sehen?

Uralt.

Felipe González zu Besuch auf Ihrer Yacht.

Das macht die Politiker nicht musikalischer und die Musiker nicht klüger.

Sie halten Musiker doch nicht etwa für dumm?

Nur die erfolgreichen. Wissen Sie, wie man Sänger wird, Herr Eriksen? Ein berühmter Sänger? Ein berühmter Pianist oder Violinvirtuose?

Durch Üben, nehme ich an?

Durch Üben, jawohl: üben, üben, üben. Do-re-mi-fa-sol. Kna-kne-kni-kno-knu. Töne, Tonleitern, Akkorde, Kadenzen. Stunde um Stunde, Tag für Tag, jahrzehntelang! Glauben Sie, daß ein Mensch das aushalten kann, ohne zu verblöden?

Sie wollen doch nicht im Ernst behaupten, daß alle berühmten Musiker beschränkt sind.

Angesichts der Tücken der Berufsausbildung der einzig logische Schluß. Jedenfalls sollte man uns besser nicht nach unserer politischen Meinung fragen. Was passiert, wenn uns einer beim Wort nimmt?

Zum Glück wissen unsere Leser, daß Jonathan Fabius ein Genie ist.

Vorsicht: Wenn Sie das schreiben, komme ich in Ihre Redaktion und drehe Ihnen persönlich den Hals um. Ein Genie! Warum sollte ich ein Genie sein, können Sie mir das sagen? Weil's in der Zeitung steht?

Herr Fabius, die ganze Welt liegt Ihnen zu Füßen.

Spricht nicht für die Welt.

Jemand wie meine Frau, die gewiß kein unkritischer...

Warum, glauben Sie, habe ich hier diese Büste stehen? Richard Wagner. Er ist das Genie! Ich bin nur die Puppe, die den Mund aufreißt, wo er seine genialen Noten in die Partitur gekritzelt hat: ein Mensch mit gutem Gehör, gutem Gedächtnis und guten Lungen. Nicht wir Sänger sollten beim Applaus auf der Bühne stehen, sondern die überlebensgroße Statue des Komponisten. Schreiben Sie das!

Also schön, dann noch einmal zurück zu meiner allerersten Frage... Aber da kommt Ihre Sonntagszeitung.

Morjen, Käpt'n!

Morjen, Deern!

Ich hab' Ihre neue Platte! Genial!

Na sehen Sie, Herr Fabius. Sogar diese hübsche Zeitungsfrau hält sie für ein Genie.

Leider ist sie nicht verheiratet.

Leider?

Also, die Politik hätten wir erledigt. Was haben Sie sonst noch auf Ihrem Fragebogen?

Nun, warum ein Schiff? Ein Wohnmobil hätte mir noch eingeleuchtet, damit kommt man schließlich überall hin.

Die meisten Städte liegen entweder am Meer oder an Flüssen.

Sie singen jedes Jahr in Bayreuth.

Auch da gibt es einen Fluß. Nennt sich Roter Main. Aber sogar auf einen See kann man ein solches Ding gegebenenfalls verfrachten lassen. Wo's überhaupt nicht geht, nehme ich kein Engagement an.

Und Sie besitzen wirklich nichts an Land? Nicht die kleinste Villa, die mickrigste Eigentumswohnung?

Beim Haupte meines Arbeitgebers Richard Wagner: Nein.

Ist das der Grund, warum Sie nie geheiratet haben? Eine Ehefrau hätte ja wohl einen festen Wohnsitz gewollt?

Was steht denn in Ihrem Archiv?

Ich frage Sie.

Steht da nicht, daß mir Herren lieber sind? Die vielen hübschen Damen nur Fassade?

Aber da steht auch, daß Sie die Frauen dermaßen verehren, daß Sie sich für keine entscheiden können.

Was ist denn nun plausibler?

Herr Fabius, das wird ein Porträt zu Ihrem Sechzigsten. Meinen Sie nicht, daß man sich zu diesem Datum den Luxus der Wahrheit leisten könnte? Bei Ihrem Erfolg, ich bitte Sie: Was kann Ihnen denn noch schaden?

Sie wollen mich provozieren? Mein lieber Freund, meine »Wahrheit« ist gar kein so großes Geheimnis. Ich habe sie schon Dutzenden Ihrer Kollegen verraten. Das Problem ist: Man kann sie nicht drucken! Denken Sie doch mal in die entgegengesetzte Richtung: Wenn ich auf einem Schiff leben würde, weil ich trotz verzweifelten Suchens keine Frau zum Heiraten finde?

Daß ich nicht lache! Wie der Fliegende Holländer?

Wenn man sich mit einer Rolle so lange befaßt, beginnt man sich natürlich schon ein paar Gedanken zu machen. Sagen Sie, was wäre denn zum Beispiel für Sie die wichtigste weibliche Tugend?

Die wichtigste weibliche Tugend... Nun, Schönheit schon mal nicht.

Sagen wir alle. Und dann rennen wir alle hinter den Hübschen her. Aber einverstanden.

Vielleicht Warmherzigkeit. Charme. Ein bißchen Intelligenz.

Die wichtigste!

Daß sie mich liebt.

Das ist ein Gefühl, keine Tugend.

Daß sie mir treu ist.

Genau. Und gerade das ist nicht mehr zu haben. Heiraten, schön, aber wen? Wo wäre heutzutage noch eine treue Frau zu finden? Woran wäre sie zu erkennen? Wie erobert man sie?

Aber Herr Fabius: Sie, ein Idol der Massen? Sie könnten doch wohl jede haben.

Sehen Sie? Die Sprache hat sie verraten: Ich könnte *jede* haben. Herr Eriksen: Wenn ich jede haben kann, dann heißt das doch, daß es die Frau, die ich suche, eigentlich gar nicht gibt. Vermutlich hat es sie überhaupt noch nie gegeben. Wissen Sie, wie die Braut des Fliegenden Holländers ihre Treue beweist? Sie stürzt sich noch vor der Hochzeitsnacht von einem Felsen ins Meer. Nach ihrer Ansicht wohl die einzige Lösung: Nur eine tote Frau ist eine treue Frau! Und jetzt legen Sie endlich dieses verdammte Schreibzeug weg. Ich habe doch gesagt, daß man das nicht veröffentlichen kann.

Daß es nach Ansicht des großen Fabius keine treuen Frauen gibt? Wieso denn nicht?

Weil weder Männer noch Frauen das in ihrer Zeitung lesen möchten. Die Männer, weil es nicht wahr sein darf. Die Frauen, weil es wahr ist.

Aber es ist doch nicht wahr! Die Moral hat sich gelockert. Aber ein paar treue Frauen gibt's doch wohl noch?

Alle, die wir nicht in Versuchung führen, jawohl.

Nach der Statistik...

Statistik. Wie kommt denn die zustande? Bekanntlich bauschen wir Männer auf diesem Gebiet alles auf, während die Frauen entweder bagatellisieren oder verschweigen. Eine Frau würde nicht einmal ihrer besten Freundin einen Seitensprung gestehen. Frauen sind Spezialisten im Recycling: Drei Tage, und der Gehörnte wäre weiterverwertet. Und das möchte die Dame ja nun auch wieder nicht.

Ich zum Beispiel bilde mir ein, eine treue Frau zu haben.

Sie bilden es sich ein!

Ich bin sicher.

Das sind die meisten Ehemänner. Wie lange sind Sie denn verheiratet?

Neun Jahre.

Und Sie sind all diese Zeit treu geblieben?

Ich?

Waren Sie Ihrer Frau treu?

Nun, cum grano salis.

Also nicht.

Ein paarmal ist vielleicht was vorgekommen. Nichts Ernstes.

Verheiratete Frauen.

Wieso?

Damit es gar nicht ernst werden kann. Denn die sind ja genauso auf Diskretion erpicht wie man selber.

Zuweilen sind eben Kinder involviert.

Ein Ehemann, der die Lust am Geldverdienen verlieren könnte, wenn er's erfährt, hab' ich recht? Und Ihre Freunde, Kollegen. Sind die treu?

Sollte nicht *ich Sie* befragen?

Kennen Sie treue Männer, ja oder nein?

...kaum.

Dann betrachten Sie die Sache doch mal vom Mathematischen her: Wenn die männliche und weibliche Bevölkerung sich annähernd die Waage halten und so gut wie jeder verheiratete Mann fremdgeht, dann muß doch logischerweise auf jeden betrügenden Ehemann ein betrogener kommen. Und müssen diese beiden in der Regel nicht miteinander identisch sein? Glauben Sie mir, mein Freund: Es gibt keine treuen Frauen. Ich habe es überprüft.

Wie Ihr Fliegender Holländer? Gehen Sie alle sieben Jahre an Land?

Die Zahl Sieben ist richtig. Doch bedenken Sie, daß unsere Zeit schnellebiger ist.

Alle sieben Monate?

Noch schnellebiger.

Alle sieben Wochen? Sieben Tage? ... Seit wann?

Seit ich auf Schiffen hause.

Das wären ja dreißig Jahre! Einmal pro Woche, das heißt 52 mal 30... Macht 1560 Testpersonen!

Sehen Sie? Sogar das Bundesamt für Statistik müßte das als seriöse Untersuchung anerkennen.

Und diese ... Untersuchung, die bestand worin?

Ich habe die Betreffenden zu mir eingeladen.

Und sie sind alle gekommen?

Früher oder später. Natürlich mußten sie verheiratet sein, doch das war die einzige Bedingung.

Hübsch? Jung?

War mir natürlich lieber. Entscheidend blieb jedoch der Zivilstand.

Und dann haben Sie sie verführt?

Ich sie. Sie mich. Wer kann das heutzutage noch auseinanderhalten?

Und darunter war keine einzige...

Die sich verweigert hätte? Nein. Aber Sie dürfen mich nicht falsch verstehen: Es ist nicht so, daß ich mich für besonders attraktiv halte. Und falls Sie das beruhigt: Auch meine Fähigkeiten als Liebhaber halten sich in Grenzen. Sehr.

Aber Sie sind berühmt, wollen Sie sagen. Ein berühmter Künstler.

Ein unschlagbares Aphrodisiakum.

Was hätten Sie denn getan? Ich meine, angenommen, da wäre eine gewesen, die sich nicht hätte flachlegen lassen?

Sie hätte mich zum glücklichsten Mann auf Erden gemacht.

Aber die hätten Sie doch dann nicht gekriegt?! Die wäre doch bei ihrem Alten geblieben!

Herr Eriksen, Sie wollen mich nicht verstehen. Ich habe unter diesen ... Testpersonen ja nicht die Frau zum Heiraten gesucht: Ich suchte lediglich den Beweis, daß es wenigstens theoretisch möglich ist, sie zu finden. Ich schwöre Ihnen: Eine nur, eine einzige treue Frau, und ich hätte es riskiert. Eine Ausnahme, und ich hätte ihnen vertraut – und zwar allen. So war es abgemacht.

Mit wem?

Mit mir selber. Glauben Sie, daß dieses Leben das Ziel meiner Träume ist? Daß ich nach den jahrzehntelangen Irrfahrten durch aller Herren Länder nicht endlich auch einmal einen Ort zum Heimkommen haben möchte?

Eine kleine Villa, vielleicht sogar hier, mit Blick auf die Elbe? Eine Frau, die nach einem Gastspiel auf mich wartet? Sogar Kinder habe ich mir lange Zeit gewünscht: ein kleines blondes Mädchen, einen Sohn...

Sie sehen mich sprachlos. Ist soviel Identifikation mit einer Rolle nicht ein bißchen...

Krank? Mag sein. Doch darauf kommt es nicht an, oder?

Und das alles hat hier stattgefunden? ...diese Japanerin!

Richtig.

Und alles auf Band?

Jawohl. Ich hasse Dilettantismus. Die Sache mußte ja belegbar sein. Vielleicht hätte ich mir eines Tages selbst nicht mehr geglaubt, was dann?

Und keine hat sich geweigert?

In aller Bescheidenheit: nein.

Haben Sie eine bestimmte Technik?

Nur das Übliche: wenig Licht, viel Alkohol. Die richtige Musik.

Ihre natürlich.

Falls Sie die von Richard Wagner meinen. Aber nicht meine Aufnahmen; ich höre nie meine eigenen Platten. Das war übrigens ein kurioses Nebenprodukt meiner Untersuchung: Unter all diesen Frauen, die mich doch angeblich so bewundern, hat nicht eine den Unterschied bemerkt.

Das gibt es nicht!

Der Ruhm ist das Erotische am Künstler, nicht die Leistung. Mozart war nicht berühmt, den konnten die Damen der Gesellschaft getrost hungern lassen. Und so wie ihm geht es den meisten Großen zu ihrer Zeit. Hier, Richard Wagner, der hat noch Glück gehabt: Der mußte lediglich einen schwulen König hofieren, damit man ihn komponieren ließ. Die Mehrzahl der Komponisten lebt jämmerlich und geht jämmerlich zugrunde.

Und wenn sie dann krepiert sind, kommen wir und sahnen ab: Sänger, Geigenspieler, Pianisten, Dirigenten. Alles, was sie den eigentlichen Könnern verweigert haben, kriegen wir nachgeschmissen: Maestro, göttlich! Und was kann ich für Sie tun? Wir Interpreten sind die Schmeißfliegen auf den Kadavern der Kreativen: Wir leben vom Sex-Appeal toter Männer! ... Nein, warten Sie, daß ich nicht lüge: Eine hat sich ausgekannt. Und zwar war das bereits vor etlichen Jahren, in Bayreuth. Diese Österreicherin. Sie müssen wissen, daß nach Bayreuth-Premieren immer eine ziemlich ausgelassene Stimmung herrscht. Für die, die sich solche Eintrittspreise leisten können, sind Wagner-Opern ja viel zu lang. Hinterher haben sie das Gefühl, sie hätten Schwerstarbeit geleistet. Das war wohl der Grund, weshalb jene Dame meine Einladung fast ohne Präliminarien annahm. Einen Augenblick, ich hab' das natürlich auf Band. Der gute Herbert von Karajan, in welchem Jahr ist er gestorben?

Karajan?

1989, richtig. Dann muß das im Juli des darauffolgenden Jahres gewesen sein. Hier. Ich spiel's Ihnen vor... Und da kommt nun die bewußte Dame...

Herr Kammersänger!

Meine liebe gnädige Frau!

Unverschämter Bursche! Dieser kleine Taxichauffeur, sehn's ihn? Ich glaub', der möcht' mir nachspionier'n.

Dann löschen wir jetzt sofort alle Lichter.

Nur das große. Die kleinen lassen's an ... Das ist also Ihr berühmtes Schiff! Soviel hat man darüber in der Zeitung gelesen ... My home is mei Kastl!

My home is mei Kastl ... Keine hat diese Weisheit je ausgelassen. Doch hören Sie weiter. Das bin jetzt wieder ich...

Ein bezauberndes Kleid!

Gehn's, Herr Kammersänger, dieser alte Fetzn? Sie sind doch sicher elegantere Frauen gewöhnt!

Was hatte sie denn an?

Eines dieser teuren Seidendirndl, mit denen uns die Damen der Gesellschaft so gerne beweisen, daß sie trotz ihres vielen Geldes die Brust auf dem rechten Fleck haben.

Ein Gläschen Champagner, gnädige Frau?

Wenn's mir versprechen, mich nicht beschwipst zu machen.

Was haben Sie gegen einen kleinen Schwips?

Ich bin eine verheiratete Frau, Herr Kammersänger.

Dann also lieber nicht.

Aber nein. Geben's mir schon den Schampus, sein's brav.

Musik?

Aber nur, wenn's die Ihre ist... Nein. Nein, das sind nicht Sie! Geben Sie's zu: Das können Sie gar nicht sein!

Sehen Sie, das hatte ich gemeint: endlich eine, die nicht taub ist.

Nein! Nicht! Nicht abstellen, Maestro, ich flehe Sie an! So hab' ich das doch nicht gemeint! Natürlich sind Sie das: Ich würd' Sie doch an einem einzigen Ton erkennen! Aber daß ich, dieser Wurm, dieses Nichts, vor dem Mann stehe, der so etwas ... in sich trägt! Sie sind kein Künstler. Diese Bezeichnung ist viel zu gering für Sie. Sie sind ein Gigant. Ein Genie!

Da war es wieder, dieses entsetzliche Wort.

Die Dame hatte eben Geschmack.

Ja, und das absolute Gehör hatte sie auch noch...

Gnädigste!

Ich in Bayreuth! Mit Jonathan Fabius! Wissen Sie, daß es das erste Mal ist, daß ich ihm untreu bin?

Sagen sie alle. Es ist immer das erste Mal. *So* funktioniert Ihre Statistik, Herr Eriksen.

Nie hätte ich das von mir gedacht! Dabei ist er kaum unter der Erde!

Ihr Gatte ist … tot? Sie können sich meinen Schreck vorstellen: mit einer Frau ins Bett, die keinen Mann hat!

Tot? Mein Gatte? Aber der liegt doch im Hotel und schnarcht… ER hab' ich gesagt! Großgeschrieben! Ich rede doch vom seligen Karajan. Jedes Jahr sind wir in Salzburg gewesen. Nie haben wir uns nach Bayreuth getraut, mein Mann und ich. Stellen Sie sich vor, er hätt' es erfahren. Wo er doch so sensibel war! Aber wollen's mir jetzt nicht Ihr Schifferl zeigen? Wenn ich allzu spät ins Hotel komm', könnt' mein Mann nämlich schon auf dumme Gedanken kommen. Er weiß doch, wie sehr ich Sie verehre…

So ungefähr spielt sich das ab, mein lieber Journalist.

Wie ist's denn mit ihr gewesen?

Mit der Dirndldame? Da müßte ich erst nachsehen.

Sie führen Kartei?

Nichts Schriftliches. Aber zum Abschluß eines jeden Falles spreche ich immer eine Zusammenfassung auf das Band. Auch eine solche Sache muß ja ihre Ordnung haben.

Und danach? Haben Sie sie wiedergesehen?

Wozu? Der Beweis war erbracht.

Und diese Damen lassen sich das einfach so gefallen? Aus den Augen, aus dem Sinn?

Nicht alle natürlich. Aber ich sagte doch, daß ich kein großartiger Liebhaber bin. Für die meisten bin ich wohl nur so eine Art Trophäe. Sobald sie begreifen, daß sie eigentlich nichts versäumen, gehen sie anderswo auf die Pirsch.

Heißt es nicht, daß es Frauen darauf gar nicht so ankommt?

Weil sie mehr mit der Seele lieben? Während wir die stärkeren Triebe haben?

Falls es anders wäre, gäbe es wohl auch Freudenhäuser für weibliche Kunden.

Ach. Wozu bräuchten die denn ein Freudenhaus? Die leben doch mittendrin! Folgen Sie mal einem x-beliebigen Mädchen – für die ist doch jeder Gang über die Straße eine Gelegenheit: Den will ich, den will ich nicht, den brauch' ich sofort, den heb' ich mir auf... Und nie würde sie dafür zahlen. So was passiert nur unsereinem. Eine Dirne ist ein Unternehmer, der sich von seinem Kunden gegen Honorar bedienen läßt. Ein Schlag ins Gesicht der gesamten Marktwirtschaft!

Etwas hat mich trotzdem gewundert. Ich spreche von dieser Österreicherin. Sie hat Ihnen immerhin den Ehering unter die Nase gehalten. Wollte sie damit der Tugend nicht wenigstens eine Chance geben?

Der Tugend? Ja glauben Sie denn, daß die den Ehering zum Zeichen der Tugend tragen? Eine treue Frau bräuchte doch keinen Ring. Wozu? Vor Vergewaltigung kann er sie nicht schützen, und vor Verführung schützt sie sich selbst. Aber die Ehebrecherin, die hat ihn nötig, den Ring. Er ist ihr Blankoscheck, ihr grünes Licht: Was immer passiert, es wird auf keinen Fall Komplikationen geben. Denn den andern, den Versorger, den Trottel, den hat sie ja schon, nicht wahr? Lachen Sie nicht. Vor allem bei Sprachbarrieren ist das von unschätzbarem Wert. Ich kann zum Beispiel keine zehn Worte Französisch. Doch ich erinnere mich da an einen bestimmten Abend auf der Seine ... Warten Sie, ich hab' das sofort. Nicoletti, Elvira; Balducci, Celia; Balducci, Margherita ... Nein, das war noch Italien ... Hier, Madame Madeleine Le Goupil. Hören Sie!

Le Vaisseau fantôme! Finalement!

Liebste Madame ...

My home is my castél!

Ihre Schuhe, Madame ... Pfennigabsätze. Sie ruinieren mir mein Boot.

Mes chaussures! Mais excusez moi! Je suis desolée!

Wenn Sie sich auf diese Couch setzen würden? ... Sie gestatten?

Mais qu'est-ce que vous faites?

Ich ziehe Ihnen die Schuhe aus.

Mais monsieur... Was tun Sie?

Ich küsse Ihre entzückenden Füßchen.

Mais monsieur... Monsieur Fabiüs... Maître... Voyez vous ça? C'est une alliance! Eine Heiratring!

Une alliance.

Oui! Une alliance de mariage! Repetez avec moi: Une...

Une...

Alliance...

Alliance...

De mariage...

De mariage.

Bravo!

Das internationale Zeichen, mit dem ihr denen, die eure Männer bestehlen, freies Geleit zusichert.

Isch verstehe Sie nischt!

Aber ich habe dich verstanden, mein Engel... Komm schon, ich zeige dir das Schiff.

Mais monsieur Fabiüs!

Meine Schöne!

Monsieur Fabiüs! Maître...!

Meine Herrliche!

Oh, mon cherie! Oh, mon amour! Mon amour! Mon amour! Mon amour...!

Das ging aber schnell.

Ist noch gar nichts: Die Frau meines spanischen Dirigenten hätten Sie kürzlich erleben sollen. Ich habe bis heute nicht herausgefunden, ob ihr Mann an dem

Abend wirklich hinter ihr her war oder ob sie die Sache nur beschleunigen wollte... Hier, ich hab' das erst dieser Tage archiviert...

Mi esposo! Me esta persiguiendo! Un loco! Ese hombre es un loco, te lo juro! Santa Madre, donde nos podemos esconder? Si me encuentra me mata! Ven! Ven para abajo! Pero no te quedes allí parado, cariño! Ven!

Lola hieß sie auch noch, so wahr mir Gott helfe.

»My home is my castle« hat sie vergessen.

Das hat sie dann am Morgen nachgeholt. Noch einen Drink? Sie sind so still geworden?

Still? Ich bin neidisch!

Du lieber Himmel, ich erzähle das doch nicht, damit Sie mich beneiden! Alles, was ich möchte, ist, daß wenigstens ein paar von uns die Welt ohne Illusionen sehen.

Aber Ihre Erfahrungen sind doch für uns andere völlig irrelevant. Sie sind ein Star, ein Idol. Ist doch klar, daß Sie sie kriegen!

Herrgott, haben Sie denn noch immer nicht begriffen? Darum handelt es sich doch! Ich vereine die optimalen Bedingungen, um zu beweisen, daß es unsinnig ist, an die weibliche Treue zu glauben. Denn wenn es treue Frauen gäbe, müßten sie doch *mir* begegnen! Mir, der ich, wie Sie richtig sagen, jede kriege. Anstatt mich zu beneiden, sollten Sie mir dankbar sein. Ich tu' das doch nicht nur für mich: Ich tu's für uns alle. Denken Sie, daß das immer so lustig ist? Man wird ja nicht jünger!

Ein Trauma. Sie leiden unter einem Trauma, Herr Fabius.

Zuwenig Mutterliebe. Das mußte ja kommen.

Ich denke da an später. Irgendeine Frau hat Ihnen irgendwann einmal ganz übel mitgespielt.

Damit liegen Sie sogar richtig. Und logischerweise ist es die allererste gewesen. Ich war siebzehn, sie neunzehn. Und auf dem Fest zu ihrem Zwanzigsten habe ich sie dann mit einem Einundzwanzigjährigen erwischt.

Und das war ein Schock fürs Leben.

Ich wollte sie umbringen, ja. Alle beide.

Krankhafte Eifersucht, ich sag's ja. Die sich dann später in krankhaftes Mißtrauen verwandelt hat.

Es gibt keine krankhafte Eifersucht, Herr Eriksen. Krank ist der, der wegen einer Frau *nicht* eifersüchtig wird. Krank oder schwul. Oder ganz einfach ein bißchen beschränkt: Denn letztlich fehlt ihm die Phantasie, um sich vorzustellen, was die Konkurrenz in diesem Augenblick mit der eigenen Dame treibt. Sind Sie je eifersüchtig gewesen?

Kann man wohl sagen!

Wie war das?

Nun, ich habe gelitten wie ein Hund. Bis dann die nächste gekommen ist. Und die kommt immer.

Ich hatte mir damals zwei Messer besorgt. Scharfe Messer mit einer spitzen, langen Klinge. Warum zwei, werden Sie fragen.

Falls eins abbricht?

Ich wußte ja, daß sie von Eifersucht keine Ahnung haben. Eines war für sie, eines für ihn. Und warum habe ich nicht für beide dasselbe Messer genommen?

Sagen Sie's mir?

Damit sich ihr Blut nicht vermischt. Verstehen Sie? Erst wenn Sie so tief gesunken sind, wissen Sie wirklich, was Eifersucht ist. Die entsetzlichste, erniedrigendste und zerstörerischste aller Qualen. Irgendwie bin ich dann da herausgekommen, fragen Sie mich nicht wie.

Die Musik vielleicht; kurz vor dieser Tragödie hatte ich begonnen, Gesangsstunden zu nehmen. Und habe mir eines geschworen: *Mir* würde so etwas nie wieder passieren. Warten, bis die nächste kommt? Entschuldigen Sie, aber das ist ein Rezept für Amateure. Für Leute, die weder richtig lieben noch wirklich begehren können. Ein Ausweg für sitzengelassene Frauen: Gehen Sie unter Menschen, pflegen Sie Ihr Äußeres, entwickeln Sie Interessen. Denn wenn Sie schön und interessant sind, kommt der nächste bestimmt. Nein, *ich* würde die Eifersucht nicht mit den Ratschlägen von Frauenzeitschriften bekämpfen. Ich würde die Sache anpacken wie ein Mann. Und das hieße: an der Wurzel, methodisch, präzise und so, daß sie sich meiner nie wieder bemächtigen könnte. Und falls sich dabei herausstellte, daß keine Aussicht besteht, in diesem Leben eine treue Frau zu finden, wollte ich lieber gar keine!

Und das haben Sie nun vierzig Jahre lang durchgehalten?

Jawohl.

Und was hat es gebracht?

Eifersüchtig bin ich jedenfalls nie wieder gewesen.

Aber einsam.

Ein geringer Preis für das, was ich mir erspart habe.

Aber mein lieber Herr Fabius: Falls überhaupt, so gilt Ihre Feststellung doch nur für die gelangweilten Damen der gehobenen Schichten. Wenn ich zum Beispiel an jemanden wie meine Frau denke – die wäre doch viel zu beschäftigt!

Gerade das macht meine Untersuchung ja so relevant. Im Ernst: Möchten Sie eine Frau, die Ihnen treu ist, weil sie keine Zeit hat, Ihnen Hörner aufzusetzen? Sie wollen, daß es Treue aus Liebe ist. Liebe zu Ihnen, in guten wie in schlechten Tagen, hab' ich recht? Und die guten Tage, die sind das Problem. Da ist es dann nämlich vorbei mit der Treue, und zwar ausnahmslos. Die oberen Schichten machen das, was die unteren machen würden, wenn sie es sich leisten könnten. Und deshalb ist in der Moral der Reichen die Moral der gesamten Menschheit enthalten ... Außerdem komme ich durchaus auch mit anderen Kreisen in Berührung. Denken Sie nur an die vielen weiblichen Statisten, die an Wagner-Opern beteiligt sind. An die weiblichen Mitglieder von Chören und Orchestern. Dann die Kostümbildnerinnen, die Damen von der Maske. Die vielen Journalistinnen, die ich zu treffen habe. Die Praxishilfen der unzähligen Hals-Nasen-Ohren-Ärzte, die ein Sänger notgedrungen kennenlernt: Oft handelt es sich dabei sogar um die Ehefrauen der ahnungslosen Samariter! Nicht zu vergessen meine Kolleginnen, die in der Regel ja auch verheiratet sind... Hier, Mrs. Lilly Honeypople. Hören Sie sich das an!

My home is my castle!

Haben Sie das gehört? Endlich eine, die es richtig sagt! *Nochmal, Mrs. Honeypople. Say it again, please!*

My home is my castle?

Thank you! You are wonderful!

Herr Fabius, jetzt komme ich nicht mehr mit.

Ach so, ja, ich vergaß zu erwähnen: eine englische Kollegin, Mrs. Lilly Honeypople. Kein Witz, so hieß sie. Ein britischer Künstler würde eher sterben, als daß er sich ein Pseudonym zulegte.

Hübsch?

Erst auf den zweiten Blick.

Jung?

So um die dreißig? Leider total unerfahren. Im Künstlerischen, meine ich. Das ist erst im vergangenen Jahr gewesen, in Berlin. Wieder mal »Der fliegende Holländer«. Die Veuzovic war im letzten Augenblick erkrankt. So hatte man für die Partie der Senta diese hier einfliegen lassen.

Oh dear, I'm so scared! Look at this. Just look at this: »Johohoe! Johohohoe! Johoe!« And it's tomorrow night, can you imagine? I'll never make it!

Deutsch. Sie müssen Deutsch sprechen, Mrs. Honeypople. Wir singen eine deutsche Oper.

Ich habe so viele Angst vor die morgige Abendröte!

Dem morgigen Abend. Abendröte heißt es bei Wagner.

But that's it! Bei Wagner habe ich Angst!

Sie brauchen keine Angst zu haben. Ich bin doch hier. Ich helfe Ihnen. Wir haben die ganze Nacht!

You're so nice! Sie sind solch eine Lieber! Ich habe heute meinen Mann in London telefoniert. Ich soll Ihnen sagen, Sie sind das letzte…

Wie bitte?

…das letzte Gentleman.

Aber nicht doch. Kollegen sind dazu da, einander zu helfen. Und jetzt an die Arbeit. Beginnen wir doch gleich bei der Arie der Senta.

»Johohoe … Johohohoe … Johohoe … Johoe …«

War doch gar nicht so schlecht. Versuchen Sie's gleich noch mal!

»Johohoe ... Johohohoe ... Johohoe ... Johoe ...«

Ausgezeichnet! Nur etwas inniger sollte es klingen. Senta ist eine verliebte Frau.

Inniger?

Mehr Gefühl. More feeling.

»Johohoe ... Johohohoe ... Johohoe ... Johoe!«

Gut! Aber jetzt etwas mehr von unten. Mehr aus dem Bauch.

Bauck? What do you mean by Bauck?

This. You see? This ist the Bauch!

Oh! You mean my belly!

A wonderful belly ...

You think so?

A very beautiful belly ...

But Mr. Fabius, what are you doing? Mr. Fabius! Jonathan! Oh! Oh! Oh ...!

Sie werden doch jetzt nicht abschalten?

Die Fortsetzung dürfte wohl klar sein. Eine herrliche Nacht, aber eine entsetzliche Premiere. Sogar für mich waren die Kritiken zum ersten Mal wirklich verheerend. Meine Zeit sei eben vorüber, in einem gewissen Alter sollte man nicht mehr auf der Bühne stehen. Und das war nur das Mildeste! ... Glücklicherweise kam bald darauf ein Engagement nach New York, an die Met, so prächtig honoriert, daß ich sogar das Boot überführen ließ. Und dort hatte ich dann den größten Erfolg meiner gesamten Karriere. Das Schiff auf dem Hudson – eine phantastische PR: »The Flying Dutchman came on his vessel!« Kein Tag ohne Journalisten und Fotografen an Bord. Und natürlich kamen auch wieder die Gesellschaftslöwen. Und Löwinnen... Mrs. Richard Russel III, Das müssen Sie hören! Wo habe ich sie nur hingesteckt? ... Da! So eine ist noch nie bei mir an Bord gewesen!

Beschreiben Sie sie mir doch wenigstens, verdammt!

Sie ... sie war unbeschreiblich. Da, hören Sie: *Mrs. Russel?*

My home is my castle.

Diese Verachtung, haben Sie gehört? Kein Wunder: In der »New York Post« hatte es geheißen, daß Mr. Russel III gerade die größte Privatyacht aller Zeiten für sie bauen ließ.

Seien Sie still. Wenigstens hören möchte ich sie!

Aber sie hat ja gar nichts gesagt. Sie ist einfach dagestanden: kein Wort, kein Lächeln. Ich versuche es mit meinem bewährten Rezept: *Would you like to listen to music, Mrs. Russel?* Sie werden das nicht erkennen, Herr Eriksen, aber was ich hier für Mrs. Russel auflege, ist die Arie »Die Frist ist um«, eine der erotischsten Stellen im ganzen »Holländer«. Da, hören Sie: *»Wenn alle Toten auferstehn, wenn alle Toten auferstehn, dann werde ich in Nichts vergehn, dann werde ich in Nichts vergehn...«*

Und?

Keine Reaktion. Ich versuch's also anders:

Mrs. Russel, would you care for a glass of champagne?

Fehlanzeige?

Kein Ausdruck, denn statt einer Antwort läßt sie jetzt ihren Pelz zu Boden gleiten. Darunter trägt sie einen weißen Spitzen-Body.

Sonst nichts?

Ein Collier. Hören Sie dieses Klirren? Sie hat es hier auf diesen Glastisch gelegt.

Und?

Jetzt geht sie ganz langsam auf mich zu, nimmt mir die Champagnerflasche aus der Hand, packt mich am Arm, löscht mit einem Karateschlag im Vorbeigehen das Licht ... da ... und zerrt mich diese Stufen hinunter in mein Schlafgemach.

Sie Ärmster.

Der war ich wirklich.

Mir kommen die Tränen.

Als ich so jung war wie Sie, da hätte ich eine solche Situation vielleicht trotzdem gemeistert. Aber jetzt? Ich meine, man ist doch keine Maschine!

Sie haben versagt?

Kein Ausdruck. Außerdem hatte sie mir ja kaum Zeit gelassen. Hier, das ist nur zwanzig Minuten später. Sie hat Pelz und Schmuck gerafft und rennt in Richtung Reling...

You fake! You fucking little fake!

But Mrs. Russel...!

Piece of shit!

Darling...!

Fucking tenor!

But I'm a baritone! ...Mrs. Russel! Please!

Oh shut up, you bastard!

Mrs. Russel, please come back! I'm sorry!

Don't move! Don't you dare to come near me, you fucking opera buffo!

Ich sehe, wie sie rückwärts auf's Wasser zugeht. Vor lauter Aufregung fällt mir kein einziges englisches Wort mehr ein:

Mrs. Russel! Das Wasser!

Fuck off, you godamn little motherf...

Hier, haben Sie das gehört?

Ist sie ins Wasser gefallen?

Und nicht einmal das hat sie beruhigt. Da, hören Sie: das Aufschlagen des Rettungsrings. Und schon geht's weiter...

Bastard! Shit! Shitty little Dutchman! Fucking Wagner-singer...

Nun, gerade das hat sie später dann leider bestritten. Das mit dem »fucking Wagnersinger«. Sie hat wohl einen Journalisten bestochen, denn schon am übernächsten Tag konnte man in der Zeitung lesen, der Flying Dutchman sei gar kein richtiger Mann, sein Verschleiß an Damen nur Fassade. Und es paßte ja auch: wohlhabend, berühmt und trotzdem keine Ehefrau. Da kann es doch nur eine Erklärung geben, oder?

Warum haben Sie nicht geklagt?

Wegen so was? Ich lasse mich immer noch lieber schwul als verheiratet schimpfen. Denn schwul heißt schwul und sonst gar nichts, während verheiratet stets eine höfliche Umschreibung für gehörnt sein wird.

Aber das ist doch krank! Bei allem Respekt, Herr Fabius: Sind Sie nicht das Opfer einer geradezu perversen Identifikation mit Ihrer Paraderolle? Dann diese 1560 Frauen! Keine, die Ihnen widerstanden hätte! Sehen Sie, ich bin Journalist: Jeder, den ich treffe, will mir irgendeinen Bären aufbinden. Ich nehme das auch nicht persönlich. Es geht Ihnen ja um das, was in der

Zeitung steht. Aber, um es rundheraus zu sagen: Je mehr Sie mir erzählen, desto größer werden meine Zweifel. Diese Bänder – wer sagt mir, daß sie nicht inszeniert sind? Und das ist wohl auch meinen Kollegen so ergangen: Deswegen hat man Ihre Story bis heute nicht gebracht. Sie kommen nämlich gleich hinter Simenon. Georges Simenon, der Krimiautor – ist Ihnen doch ein Begriff? Ein begnadeter Schriftsteller, doch er wollte der Presse immer weismachen, er habe zehntausend Frauen besessen. Vielleicht eine Alterserscheinung? Beginnen wir Männer mit dem Schwinden gewisser Kräfte automatisch unsere erotische Vergangenheit zu verklären? Dann steht mir das ja auch noch bevor. Seien Sie barmherzig, geben Sie mir noch einen Scotch!

Eine hat mir widerstanden, doch. Einer treuen Frau bin ich tatsächlich begegnet.

Na also. Nein, kein Soda, nur ein wenig Eis... Ich danke Ihnen.

Und zwar ist das erst vor ein paar Monaten gewesen. Hier, in dieser Stadt. Bei einem Gastspiel an Ihrer Oper. Mein Fiasko mit der New Yorker Dame hatte bei mir wohl ein paar Komplexe hinterlassen. Jedenfalls hatte ich seit meiner Rückkehr aus Amerika einen größeren Abstand zwischen die Termine gelegt. Anstatt alle sieben Tage setzte ich nur noch alle sieben Wochen eine Prüfung an. Ich meine, ich werde ja tatsächlich morgen sechzig! Und auch das mit der Zahl Sieben sah ich nicht mehr so religiös: Mal erledigte ich zwei, drei Tests hintereinander, nahm mir dafür dann wieder ein paar Monate frei. Um ehrlich zu sein: Meine Hoffnungen waren auf dem Nullpunkt. Nur mein preußisches Pflichtgefühl hinderte mich, das Handtuch zu werfen. Es ging schließlich um eine wichtige Sache. Eine – wenn auch im weitesten Sinn – wissenschaftliche Untersuchung, bei der meine Mitarbeit unerläßlich war. Mitarbeit? Nur ich kam dafür überhaupt in Frage! Und just zu der Zeit, als es wieder einmal unumgänglich wurde, kam diese junge Frau an Bord.

Kein Band?

War diesmal nicht möglich. Es war ein herrlicher Tag, und sie hatte sich in den Kopf gesetzt, mich ausschließlich draußen an Deck zu fotografieren.

Eine Fotografin also?

Oh, sie ist nicht unangemeldet hier aufgetaucht. Wir hatten einen Termin.

Wie hat sie denn ausgesehen?

Wie die andern: hübsch, ungeschminkt, die Klamotten praktisch in Lumpen. Viele Fotografen haben ja diese Angst, daß man sie nicht für Künstler hält, wenn sie sich anständig kleiden. Oder wenn sie einigermaßen höflich sind ... My home is my castle, bemerkte auch sie als erstes. Die Aussprache war korrekt, doch schnippischer konnte man es nicht sagen. Kein Gruß. Trotzdem, sie kam wie gerufen. Und ansehnlich war sie schon. Doch als sie dann ihre Ausrüstung auszupacken begann, mußte ich feststellen, daß sie keinen Ring trug. Allzu unglücklich war ich darüber aber nicht: Ich war am Abend bei einem Hamburger Reeder eingeladen; dort würde sich mühelos eine willige Ehefrau finden lassen. Ich stelle mich also in Fotopose: Gut so, frage ich freundlich. Zuviel Licht, entgegnet sie kühl. Und ich: Wollen Sie sagen, daß man meine Falten zu sehr sieht? Ja, sagt sie. Kein beschönigendes Beiwort, einfach so. Und nach ein paar Knipsern: Sie wirken verkrampft. Kein Wunder, sage ich, wenn Sie mir solche Komplimente machen. Sie sieht sich um: Wie wär's mit ein bißchen Musik? Sie haben doch sicher eine Anlage, die man auch hier an Deck hören kann. Aber leider nur Platten mit Wagner-Opern, lüge ich. Na und, antwortet sie. *Richard* Wagner, erläutere ich, nicht die Popgruppe gleichen Namens. Aber ja doch, sagt sie ungeduldig. Liebes Fräulein, Sie sehen nicht so aus, als ob das Ihr Lieblingskomponist sein könnte. Und jetzt kommt der Hammer: Ist er aber, sagt sie. Und ich: Pervers. Darauf sie: Herr Fabius, ich habe Sie schon als Kind auf der Bühne gesehen. Und für Ihre Premiere am 16. habe ich sogar eine Karte.

Sie war ein Fan?

Kann man wohl sagen. Aber aussuchen kann man sich so was ja nicht. Ich gehe also hier herein und lege eine CD auf, stelle mich dann draußen wieder in Positur. »Der fliegende Holländer«, kommentiert sie gönnerhaft.

Immerhin.

Die Lieblingsoper ihrer Eltern. Die seien jedes Jahr in Bayreuth.

Wie war noch der Name?

Darum geht's ja, Geduld. Sehen Sie, sagt sie, als sie wieder zu knipsen beginnt, ein bißchen Musik, und schon wirken Sie entspannt. Doch schon ein paar Takte weiter läßt sie plötzlich den Fotoapparat sinken. Was ist los, frage ich, und bemerke, daß meine kühle Preußin Tränen in den Augen hat. Das ist so wunderschön, stammelt sie, so herrlich, so genial! Und als ich abwinke: Doch, Sie sind ein Genie, ich schwör's!

Na also!

Da sie nicht verheiratet ist, kann ich hier ungeniert widersprechen: Sie verwechseln Ursache mit Wirkung, mein schönes Fräulein, sage ich und deute auf die kleine Skulptur von Richard Wagner, die vorn am Bug, wo wir gerade fotografieren, als Maskottchen hängt: Das Genie ist er. Doch das beeindruckt sie nicht im geringsten: Ach was, ohne Sie wäre er doch gar nicht vorhanden. Umgekehrt, sage ich, genau umgekehrt: Ich wäre ohne ihn nicht da! In meinem Ärger habe ich begonnen, mit beiden Händen zu gestikulieren, und das kommt ihr gerade recht: Halt, so bleiben! Genau, was ich brauche! Und während sie weiterknipst: Herr Fabius, wie sollte ein Genie erkennen, daß es genial ist? Das wäre doch ein Widerspruch in sich selbst.

Und recht hat sie.

Klar, das bestimmt ihr, nicht wahr? Die Presse, das Publikum, die mit dem absoluten Gehör!

Wer sonst?

Genau das sagte sie auch: Wer käme denn sonst in Frage? Der Bundesgerichtshof?

Saubere Antwort.

Und wenn sie wirklich musikalisch gewesen wäre, hätte ich sie ihr auch durchgehen lassen. So wurde ich gehässig: Sie haben ja nicht einmal gemerkt, daß das nicht ich bin, der da singt! Jawohl, meine Dame: Dies ist eine Aufnahme mit José van Dam. Wieder läßt sie die Kamera sinken, lauscht mit gefurchter Stirn: José van Dam, sagt sie schließlich. Tatsächlich, Sie haben recht! Verbindlichen Dank, sage ich. Sie lächelt freundlich: Sie müssen aber zugeben, daß sich Ihre Stimmen außerordentlich ähneln.

Was nicht den Tatsachen entspricht?

Nicht daß ich wüßte. Aber Sie können es anstellen, wie Sie wollen, solche wie die haben immer das letzte Wort. Und schon gibt sie mir wieder Befehle: Könnten Sie sich jetzt dorthin setzen? Nicht die Beine übereinanderschlagen! Den Oberkörper etwas nach vorn! Das ist zuviel. So! Natürlich entgeht ihr nicht, daß ich noch immer voller Wut stecke. Aber anstatt sich zu entschuldigen, greift sie mich an: Daß ihr Männer immer gleich so aggressiv werden müßt! Meiner ist genauso!

Sie war verheiratet?

Sie sind verheiratet, frage ich. Nein, wahrscheinlich habe ich es fast geschrien. Und sie: Nicht bewegen! Seh' ich denn aus wie eine, die keinen abkriegt? Im Gegenteil, beeile ich mich zu versichern. Doch Sie tragen keinen Ring. Einen Ring, lacht sie, wozu könnte ich den wohl brauchen? Vor Vergewaltigung kann er mich nicht schützen, und gegen Verführung bin ich hoffentlich gefeit. Meine Worte, Herr Eriksen! Sie hat meine Worte benutzt, ist das nicht unglaublich? Und darum jetzt ich: Sie sagen: »hoffentlich«? Dann sind Sie also nicht ganz sicher? Wieder runzelt sie ihre schöne Stirn: Doch, ich denke schon. Ich fürchte, ich bin eine treue, kleine Ehefrau.

Na also!

Sie sind wirklich ein leichtgläubiger Mensch. Für mich fing die Sache erst an: Hat Sie denn noch keiner auf die Probe gestellt? Herr Fabius, finden Sie mich *so* häßlich? Darauf ich: Aber Sie haben standgehalten? Und sie: Ist das ein Interview? Ich hake nach: Wie lange sind Sie denn verheiratet? Eine Ewigkeit, sagt sie. Und in dieser Ewigkeit haben Sie Ihrem Mann kein einziges Mal Hörner aufgesetzt? Nein!

Sehen Sie!

Ach was, die Tour kenne ich! Und darum frage ich jetzt noch einmal: Sie haben Ihren Mann tatsächlich noch nie betrogen? Kein einziges Mal? Dazu hätte ich ja gar keine Zeit, lacht sie. Wissen Sie, wir haben Kinder.

Aus Hamburg, sagen Sie? Wie hat sie denn geheißen?

So haben Sie doch Geduld. Das hat noch keine abgehalten, wende ich ein. Und sie: Sie scheinen ja viel Erfahrung zu haben. Doch wenn Sie sich jetzt ein bißchen nach rechts drehen würden? Nicht den ganzen Oberkörper, nur den Kopf. Danke ... Ich versuch's von einer anderen Seite: Sie scheinen Ihren Mann ja ziemlich zu lieben, Kompliment. Jetzt hebt sie den Kopf, schaut mich nachdenklich an: Lieben? Na, ich weiß nicht. Ich habe ein paar Semester Psychologie studiert. Die Liebe zwischen Mann und Frau dauert zwei Jahre, bestenfalls. Können Sie in jedem Lehrbuch nachlesen. Wenn die beiden Glück haben, wird danach eine

Freundschaft draus. Eine Partnerschaft. Eben das, was man so eine gute Ehe nennt.

Aber was soll dann noch die Treue?

Genau das habe ich sie auch gefragt.

Und?

Sie hat nur mitleidig gelächelt: Herr Fabius, man merkt, daß Sie nicht verheiratet sind. Die Treue ist doch erst dann eine Tugend, wenn man sich nicht mehr liebt. Am Anfang, solange man richtig verknallt ist, da ist das Treusein keine Leistung. Man kann ja gar nicht anders. Schon der Gedanke an die Berührung eines anderen macht einen krank. Zur Tugend kann die Treue einer Frau also erst werden, wenn sie ihren Ehemann nicht mehr liebt. Wenn er nur noch ihr Freund ist.

Entbehrt nicht der Logik.

Eben. Und darum wuchs meine Begeisterung von Minute zu Minute. Falls es je ein würdiges Prüfungsobjekt gegeben hatte, dann war es diese rabiate Knipserin. Der Himmel selbst hatte sie mir an Bord geschickt. Ich mache mich unverzüglich an die Arbeit: Noch ein wenig Musik? Aber sie blickt nicht einmal auf: Nur wenn es Ihre ist, Herr Fabius. Da muß ich leider passen: Ich höre nie meine eigenen Aufnahmen.

Nun, sagt sie, dann lieber nicht. Wie wär's mit einem Drink? Ein Gläschen Champagner? Einen Scotch? Oder vielleicht einen Daiquiri, der ist meine Spezialität, den können Sie mir nicht abschlagen. Doch sie bleibt bei ihrer Ablehnung. Aber wenn ich mir etwas mixen möchte, bitte sehr, sie wolle mich ohnehin gerade bitten, drin an meiner Hausbar zu posieren; so was mache sich immer gut. Wir gehen also hier herein, ich stelle mich da drüben an die Bar, mixe mir einen Daiquiri. Über Ihre Ansichten zur Treue hätte ich gerne noch etwas mehr erfahren, sage ich und lasse den Blick fotogen über die Alster schweifen. Stellen Sie sich einmal folgendes Szenario vor: Sie befinden sich auf einem Boot wie diesem. Nicht hier in der Stadt. Draußen, ganz weit draußen auf dem Meer. Ihr Ehemann ist nicht bei Ihnen. Sagen wir, daß er die Kinder hüten muß. Nur als Beispiel. Und sagen wir, da ist ein anderer Mann. Einer, den Sie zwar nicht lieben, der Sie aber irgendwie ... neugierig macht. Ein Mann in einem gewissen Alter, von einem gewissen Charme. Vielleicht bewundern Sie ihn sogar ein wenig... An der Stelle lacht sie auf: Einer wie Jonathan Fabius? Nun, so direkt war das natürlich nicht gemeint. Sie denkt kurz nach: Ich hoffe, daß ich trotzdem brav bleiben würde. Aber wieso denn, frage ich verzweifelt. Stillhalten, sagt sie barsch. Nur noch eine Minute, wir sind gleich fertig. Nehmen Sie doch mal Ihr Glas in die Hand. Nicht so steif. Blicken Sie in die Kamera. So, und jetzt lächeln Sie mir zu. Gut so, halten! ... Das müssen Sie mir erklären, fordere ich mit gehorsam gefletschten Zähnen. Doch sie ist nun ganz bei der Arbeit: Nicht jetzt. Aber ich werde trotzdem für Sie lächeln, verspreche ich. Warum wollen Sie auf etwas verzichten, was Ihnen nur guttun kann und Ihrem Mann auf keinen Fall schadet? Er erfährt es doch nicht!

Der Trottel.

Das habe ich vorsichtshalber nicht gesagt. Herr Fabius, sagt sie knipsend, das ist doch nicht der entscheidende Punkt. Etwas höher das Glas, danke. Wenn Sie jetzt einmal trinken würden? Nach meiner Ansicht gehört zu den wichtigsten Pflichten einer Ehefrau, daß sie die Ehre ihres Mannes beschützt. Auch wenn er es nie erfahren würde: Der andere wüßte es doch. Der, mit dem sie ihn betrogen hat. Ich protestiere energisch: Aber in meiner Geschichte kennen die beiden sich doch gar nicht! Sie könnten sich kennenlernen, sagt sie geduldig. Legen Sie doch mal den Arm um die Wagnerbüste. Nein, das Glas behalten Sie in der Hand. Tun Sie, als ob Sie ihm zuprosten. Gut! Sie könnten sich kennenlernen, und in diesem Fall würde sich dann der Liebhaber dem legalen Partner, dem Vater ihrer Kinder, automatisch überlegen fühlen: Er wäre das begehrte Sexualobjekt, der andere der lächerliche, kleine Geldverdiener, der ahnungslose Trottel, der Gehörnte. Niemals darf eine Frau das zulassen!

Selbst wenn sie annehmen muß, daß ihr Mann in einer ähnlichen Situation...

Genau das war mein Einwand. Dann erst recht, sagt sie. Wenigstens einer muß doch in einer Ehe Charakter zeigen, nicht wahr? So, ich danke Ihnen, Sie waren überaus geduldig. Was, Sie sind schon fertig, frage ich konsterniert. Aber ich habe doch noch massenhaft Zeit! Das Schlafzimmer haben Sie noch nicht gesehen. Da hat mich noch kein Fotograf ablichten dürfen – Sie hätten etwas Exklusives!

Deutlicher ging's wohl nicht?

Nein, und blöder auch nicht. Sie denke, daß dieses Material genüge, sagt sie liebenswürdig. Sie gebe das jetzt sofort ins Labor. Ob ich die Auswahl selbst treffen wolle? Nur wenn ich Sie dabei wiedersehe, sage ich in meinem verführerischsten Tonfall. Nein, sagt sie, sie fürchte, das sei nicht möglich, da sie noch am selben Abend wegen eines Auftrags nach München reise. Aber ich muß Sie wiedersehen, rufe ich verzweifelt. Und abermals sagt sie nein.

Und Sie können es einfach nicht glauben?

Nach 1560 Eroberungen hätte das keiner getan. Und darum starte ich nun eine allerletzte Offensive, nehme sie einfach in die Arme: Sie sind so schön, flüstere ich, so begehrenswert, so ganz anders als alle anderen Frauen!

Wohl ein bißchen plump.

Meine letzte Chance.

Und?

Ich bilde mir ein, daß es da ein ganz kleines Zögern gegeben hat. Ich halte sie ja ganz eng umschlungen: Zumindest für die Dauer einer Sekunde ist nicht die geringste Abwehr zu spüren. Doch dann stößt sie mich zurück: Es geht nicht, Herr Fabius, ich bin eine verheiratete Frau! Sie packt ihre Fototasche, reicht mir die Hand: Tut mir leid, ehrlich. Ich hoffe, daß Ihnen wenigstens die Fotos gefallen.

Das war's?

Das war's. Sie geht einfach von Bord. Als ich ihr nachrufe, daß ich ja nicht einmal ihren Namen weiß, tut sie, als würde sie mich nicht hören.

Und Sie fühlen sich wie Napoleon nach Waterloo!

Herr Eriksen, ich glaube, Sie haben mich noch immer nicht verstanden: Noch nie hatte mich eine Frau dermaßen glücklich gemacht! Du hast sie gefunden, jubelt es in mir, während sie sich in raschen Schritten entfernt. Die treue Frau, es gibt sie! Du hast sie in den Armen gehalten, und sie hat nein gesagt! Die Ehre ihres Mannes wollte sie schützen – die Ehre ihres angetrauten Gatten war ihr wichtiger als ein kurzer Rausch! Was für ein Weib! Und so ging es weiter, Tag um Tag.

Ich war außer mir vor Glückseligkeit. Unterdessen hatten in der Oper die Proben begonnen: die Kollegen die üblichen Schwachköpfe, der Regisseur ein eingebildeter Affe, das Kostüm, das wieder einmal hinten und vorn nicht paßte... Aber nichts machte mir etwas aus. Mir war, als würde ich schweben. Ich war verliebt, ja. Aber nicht in sie, die Namenlose. Alle Frauen hatte ich plötzlich gern. Seit vierzig Jahren konnte ich zum ersten Mal wieder *fühlen*! Bei der Anprobe konnte ich mich sogar für die unscheinbare Näherin begeistern: Meine liebe Fanny, ist das nicht ein herrlicher Tag? Ich heiße aber Frieda, Herr Fabius. Fanny, Frieda, was sind schon Namen? Schall und Rauch! Sind Sie verheiratet, kleine Frieda? Nein, Herr Fabius. Nicht möglich, ein so entzückendes Geschöpf! Was ist denn, hat Ihnen das noch keiner gesagt? Hat Ihnen noch kein Mann gestanden, daß er sie aufregend findet? Doch anscheinend habe ich ihr damit nur angst gemacht. Jedenfalls ist sie einfach weggerannt, dumme Gans! ... Aber Sie sehen, Herr Eriksen: Mein Mißtrauen war wie weggefegt. Jawohl, nun wollte ich es wagen. Das Gelübde erfüllen, das ich mir seinerzeit selbst gegeben hatte: Herunter von diesem Schiff. Ein Haus kaufen. Eine Frau nehmen. Sogar Nachkommen lagen noch drin, ich war schließlich noch nicht einmal sechzig! Abends setzte ich mich da draußen an Deck, legte wieder Listen an. Aber nicht mit den Namen der Verheirateten, die ich zu verführen gedachte: Jetzt standen die von Ledigen und Witwen darauf. Ich ordnete nach Alter, Größe, Farbe der Augen und der Haare, Musikalität. Bis dann...

Bis dann was?

Bis dann der Tag der Premiere kam. Ich schwöre Ihnen, mein Freund: Nie habe ich gesungen wie an jenem Abend. Denn endlich, endlich konnte ich ja meinen Worten Glauben schenken: Senta, mein holdestes, süßestes Weib! Hier stehe ich, der Fliegende Holländer, damit mich deine Treue von meinen Leiden erlöst. Und diesmal hat sogar das Publikum den Unterschied gespürt: Der Applaus war ein Orkan! Und zum ersten Mal waren mir die Ovationen nicht peinlich. Zum ersten Mal fühlte ich mich nicht in Richard Wagners Schuld: Ich hatte ihm alles gegeben, was ich zu geben hatte!

Nun, ich fürchtete schon, Sie wollten mir eine Katastrophe schildern.

Die kommt. Völlig erschöpft kehre ich schließlich in meine Garderobe zurück, lasse mich in den abgewetzten Sessel fallen. Und da steht sie. Tritt aus dem Schatten auf mich zu.

Wer tritt auf Sie zu? Doch nicht die kleine Fotografin?

Zuerst erkenne ich sie gar nicht – so sehr hat sie sich herausgeputzt. Dann starre ich sie fassungslos an: Sie?! Ja, ich, sagt sie mit tränenumflorter Stimme. Sie waren in der Vorstellung? Ja. Und ich muß Ihnen sagen, daß ich in meinem ganzen Leben noch nie so etwas erlebt habe wie diesen Abend. Herr Fabius, Sie haben mich … erschüttert. Sie nimmt meine Hand: Da, spüren Sie meine Wange. Ich habe den ganzen letzten Akt lang geweint.

O Gott.

Das können Sie zweimal sagen.

Was haben Sie denn gesagt?

Von einer so großen Wagner-Kennerin ein hübsches Kompliment. Besten Dank.

Eisig.

Ich stand unter Schock.

Und die Dame?

Totales Mißverständnis. Wie hätte sie auch erraten sollen, daß meine Begeisterung für sie daher rührte, daß sie mir widerstanden hatte? Ich sei ihr böse, meinte sie. Aber wie gut sie mich verstehe. So, wie sie sich mir gegenüber benommen habe… Ich stand auf, schob sie sanft bis zur Tür. Das sei doch alles längst vergessen, sagte ich. Und nun müsse sie mich alleinlassen, weil ich mich umkleiden wolle. Doch natürlich machte sie das nur noch reumütiger. Und nun begann sie zu schluchzen: Aber begreifen Sie denn nicht, warum ich hier bin? Ich, ein kleines Nichts, ein Niemand – ich habe es gewagt, *sie* zurückzuweisen! Ich habe mich geweigert, in *Ihren* Armen zu liegen! Aus Treue zu einem Mann, der es nicht wert ist, auch nur eine Schallplatte von Ihnen zu besitzen! Lassen Sie uns gehen, Jonathan, bitte! Nehmen Sie mich mit auf Ihr Schiff! Ich gehöre Ihnen! Sooft und solange Sie wollen! Die ganze Nacht!

Und da ließen Sie schließlich Gnade vor Recht ergehen, nicht wahr?

Du lieber Himmel, nein! Können Sie sich denn gar nicht in meine Lage versetzen? Ich war außer mir. Außer mir! Ich ersuchte sie, sofort meine Garderobe zu verlassen. Nannte sie ein Flittchen, eine Dirne, eine Hure. Sogar als sie den Flur entlangrannte, rief ich ihr noch Schimpfwörter nach. Aus den anderen Garderoben eilten Kollegen herbei, versuchten mich zu besänftigen. Jemand rief den Bühnenarzt, der mir eine Beruhigungsspritze gab. Ich schwöre Ihnen, ich war wie von Sinnen. Und warum auch nicht? Warum auch nicht? ... Nun, soviel zum Thema der weiblichen Treue, Herr Journalist. Darf ich Ihnen jetzt noch einen Scotch spendieren?

Ich muß passen.

Aber ich brauche jetzt einen. Da kommt ein Taxi. Haben Sie das bestellt?

Na endlich. Wurde aber auch Zeit. Hier sind wir! ... Mein Engel, du kommst mit einer ganzen Stunde Verspätung!

Du hast gesagt, ich soll dir ein bißchen Vorsprung lassen.

Ein bißchen. Darunter würde kein Mensch eine volle Stunde verstehen. Darf ich vorstellen...

Ihr ... Fotograf?

Mein Fotograf und meine Frau!

Guten Tag, Herr Fabius. Ich habe mir so gewünscht, Sie kennenzulernen.

Guten Tag. Sie sind seine ... Ehefrau? Herr Eriksen, wieso haben Sie mir verschwiegen, daß der erwartete Fotograf Ihre Frau ist?

Jetzt sind Sie sauer. Aber ich dachte, es wirkt vielleicht ein bißchen aufdringlich, wenn ich hier mit der ganzen Familie... Übrigens ist es das erste Mal, daß wir einen Auftrag gemeinsam annehmen. Es war ihre Idee: Sie wollte unbedingt Ihre Bekanntschaft machen. Sie ist wirklich ein echter Fan von Ihnen. Haben Sie was gemerkt? Die erste, die beim Hereinkommen nicht »My home is my castle« gesagt hat.

Wovon redest du?

Machen Sie Musik. Die Platte. Stellen Sie sie an... So, und jetzt spitz deine Öhrchen, Spatz: Wer ist das, der da singt?

Jedenfalls nicht Jonathan Fabius... Das ist José van Dam!

Hab' ich zuviel gesagt? Das ist keine von Ihren Ladies: Bei ihr ist die Begeisterung echt.

Welche Ladies?

Männergeschwätz, Frau Eriksen. Angebereien.

Endlich gibt er es zu. Also los jetzt, Kindchen, ans Werk! Und ich darf ganz kurz an Ihr Telefon?

Aber ich wollte ihn soeben bitten, sich hier an die Bar zu stellen. Es gibt doch sicher noch einen zweiten Apparat?

Gehen Sie in mein Schlafzimmer.

Obwohl ich ein Bübchen bin? Besten Dank!

Jonathan, ich mußte Sie noch einmal sehen! Wenigstens ein einziges Mal! Ich schlafe nicht. Ich esse nicht. Ich höre nur noch Ihre Platten... Sagen Sie mir:

Warum? Warum haben Sie mich weggeschickt? Vorher wollten Sie mich doch!

Sie sind verheiratet. Sie haben einen Mann.

Aber es war doch meine Entscheidung!

Und jetzt kenne ich ihn auch noch. Er ist mir sympathisch.

Aber er wird es doch nicht erfahren! Nur einmal. Ein einziges Mal muß ich in Ihren Armen liegen. Ich werde sonst verrückt! Ich werde ihn danach nie wieder betrügen, ich verspreche es. Ich schwöre es! Hier ist eine Telefonnummer. Morgen früh. Bitte!

Fertig, mein Helmut Newton?

Was heißt fertig? Ich fang' doch eben erst an. Herr Fabius, wenn Sie sich jetzt einmal neben diese Büste des Meisters stellen würden? Vielleicht könnten Sie so tun, als ob Sie ihm zuprosten?

Beeil dich. Wir kriegen die Doppelseite nur, wenn das Material bis 16 Uhr auf dem Tisch liegt.

Fahr doch schon vor.

Und wie kommst du in die Redaktion? Dein Taxi ist weg.

Ruf ich eben ein anderes. Es gibt ja Telefon.

Bestens. Wer holt die Kinder?

Du bist heute dran.

Aber mein lieber Eriksen: Nach allem, was wir heute geredet haben, vertrauen Sie mir Ihre Gattin an?

Sie würden mir doch sicher die Tonbandaufnahme zukommen lassen?

Wovon redet ihr?

Seemannsgarn, Herr Fabius, nicht wahr? Seemannsgarn mit ein paar getürkten Bändern. Wäre auch eine zu schöne Story gewesen! Unser Herr Sänger wollte mir weismachen, daß er so lange auf diesem Schiff leben muß, bis er eine Frau findet, die treu sein kann.

Wie der Fliegende Holländer?

Sehen Sie? Sie kennt sich aus!

Wollen Sie wissen, wie ich heiße?

Senta.

Das wissen Sie?

Ihr Mann hat es mir vorhin verraten.

Und er hat Ihnen auch gesagt, daß ich eher zu den Braven gehöre?

Er behauptet's.

Es stimmt. Ich habe ihn tatsächlich noch nie betrogen.

Eine treue Frau, sehen Sie? Sie können sich also getrost eine Eigentumswohnung in Pöseldorf kaufen. Das heißt, falls Sie noch keine haben.

Recherchieren müssen Sie schon selbst.

Dazu dürfte bis 16 Uhr keine Zeit bleiben. Aber vielleicht zu Ihrem Siebzigsten? ... Also dann. Und danke für den hochinteressanten Vormittag.

Du lieber Himmel, schon so spät? Frau Eriksen, das müßte doch eigentlich reichen, nicht wahr? Ich hatte total vergessen, daß ich eine Verabredung habe. Wenn es sich nicht um den Intendanten der Staatsoper handeln würde... Tut mir unendlich leid!

NACHTRAG

Hier noch einmal Jonathan Fabius mit einem abschließenden Bericht in dieser Sache, die zumindest gegen Ende alle Eigenschaften einer Verwechslungskomödie entwickelte. Was wieder einmal beweist, daß ein einziger Zufall genügt, um unser Leben in eine Farce umzuschreiben. Armer Eriksen: Ein betrogener Ehemann ist immer eine komische Figur. Auch wenn es dank meiner Zurückhaltung bei der Absicht blieb.

Doch der Verzicht fiel mir gar nicht so leicht. Sie war ja wirklich entzückend, diese preußische Knipserin. Und auf den Kopf gefallen war sie schon gar nicht. Aber wenn man den ganzen Morgen mit dem Ehemann verbringt, ist das, als solle man einen Hasen schlachten, den man vorher gestreichelt hat, nicht wahr?

Die Sache ist auch nicht ohne Pointe: Wenigstens einmal ist eine Frau ihrem Mann treu geblieben – doch nur dank der Tugendhaftigkeit eines Mannes. Der Beweis für meine These war sowieso schon erbracht. Auch ohne Vollzug kann ich diesen Namen meiner Untersuchung einverleiben: Senta! Dieser herrlichste, würdigste aller Namen: Entweiht! Passiert mir zum ersten Mal, daß ich die Kontrollaufnahme eines Gesprächs mit der Presse nicht mehr löschen kann, weil sie durch eine kuriose Entwicklung Teil meiner Dokumentation geworden ist.

Doch irgendwie bin ich nun auch stolz auf mich. Den ganzen Nachmittag sitze ich schon hier an Deck, höre wieder und wieder van Dams wundervolle Interpretation. Vor allem die Stelle, an der er Senta sagt, daß er auf sie verzichten wird: »Du aber sollst gerettet sein. Leb' wohl! Fahr hin, mein Heil, in Ewigkeit.«

Jawohl, Meister Richard, heute müssen Sie sich meiner nicht genieren. Auf Ihr Wohl!

ZWEITER NACHTRAG

Nächster Vormittag, mein sechzigster Geburtstag. Früh um sieben hat mich der erste Telegrammbote geweckt. Jetzt ist es elf Uhr, und ich habe bereits die dritte Faxrolle einlegen müssen. Ruhm: Heute kann man ihn am Verbrauch von Faxpapier messen.

Und nun liegt vor mir die Zeitung, für die gestern dieser sympathische Herr Eriksen hier war. Gegen die Fotos seiner Frau ist nichts einzuwenden, aber sein Text! Groß aufgemacht, Titelseite des Kulturteils. Und was steht da als Überschrift? Ich lese vor: Besuch beim Fliegenden Holländer – ein Genie wird sechzig. Ein Genie! Nach allem, was ich mit diesem Menschen geredet habe, nennt er mich ein Genie! Na warte, Junge, das wirst du mir büßen! Siebenmal hast du mich in deinem Elaborat ein Genie genannt, sieben Ziffern hat die Telefonnummer deiner zauberhaften Gattin...

Frau Senta Eriksen, bitte. Wie? Fabius. Sagen Sie ihr, Jonathan Fabius möchte sie sprechen. In der Dunkelkammer? Dann holen Sie sie heraus! Jawohl, ich warte...

Ich warte also und singe:

»Du kennst mich nicht – du ahnst nicht, wer ich bin!
Befrag' die Meere aller Zonen,
befrag' den Seemann, der den Ozean durchstrich:
Er kennt dies Schiff, den Schrecken aller Frommen:
Den Fliegenden Holländer nennt man mich!«

Und dann ist sie am Apparat: Senta...? Frau Senta Eriksen? Der Fliegende Holländer, jawohl. Wann können Sie hier sein?

Originalausgabe

Textredaktion: Arnd Kösling
Schutzumschlag: DYADEsign, Düsseldorf
Satz: Dörlemann Satz, Lemförde
Druck und Einband: Friedrich Pustet, Regensburg

Printed in Germany
ISBN 3-7857-0998-6

Sie finden die Verlagsgruppe
Lübbe im Internet unter:
HTTP://WWW.LUEBBE.DE

5 4 3 2 1